教育部人文社会科学研究成果
浙江省哲学社会科学规划课题研究成果

*The Anxiety of Taste in
19th Century British Literature*

19世纪
英国文学中的趣味焦虑

何 畅 ◎著

中国社会科学出版社

图书在版编目(CIP)数据

19世纪英国文学中的趣味焦虑/何畅著. —北京：中国社会科学出版社，2018.10

ISBN 978-7-5203-2985-9

Ⅰ.①1… Ⅱ.①何… Ⅲ.①英国文学—文学史—19世纪 Ⅳ.①I561.094

中国版本图书馆 CIP 数据核字(2018)第 185050 号

出 版 人	赵剑英
责任编辑	张　浩
责任校对	姜志菊
责任印制	李寡寡

出　　版	中国社会科学出版社
社　　址	北京鼓楼西大街甲 158 号
邮　　编	100720
网　　址	http://www.csspw.cn
发 行 部	010-84083685
门 市 部	010-84029450
经　　销	新华书店及其他书店

印刷装订	环球东方（北京）印务有限公司
版　　次	2018 年 10 月第 1 版
印　　次	2018 年 10 月第 1 次印刷

开　　本	710×1000　1/16
印　　张	13.5
插　　页	2
字　　数	160 千字
定　　价	59.00 元

凡购买中国社会科学出版社图书，如有质量问题请与本社营销中心联系调换
电话：010-84083683
版权所有　侵权必究

目　录

绪论　"趣味"概念在英国文学中的"前世今生" …………（1）
　第一节　"趣味"概念在18世纪的美学转向…………（5）
　第二节　"趣味"概念在19世纪的文化转向…………（15）
　第三节　"大众趣味""日常趣味"与"现代性"…………（26）

上篇　私人空间

第一章　《月亮宝石》中的科学趣味…………（39）
　第一节　不可靠的"感官事实"…………（41）
　第二节　科学话语…………（44）
　第三节　科学趣味与中产阶级写作…………（48）

第二章　《女王50周年大庆》中的阅读趣味…………（55）
　第一节　阅读的时代与阅读趣味…………（56）
　第二节　阅读趣味与"文化正确性"…………（63）
　第三节　"文化正确性"背后的"错位感"…………（68）

第三章 《理智与情感》中的"趣味之争" …………… (73)
第一节 玛丽安的"趣味"观 ………………………… (74)
第二节 埃莉诺的"趣味"观 ………………………… (80)
第三节 "口水仗"背后的文化深意 ………………… (83)

第四章 《丹尼尔·德隆达》中的音乐趣味 …………… (89)
第一节 "坏"趣味与"好"趣味的冲突 ……………… (91)
第二节 "趣味"冲突背后的文化反思 ………………… (98)

下篇 公共空间

第五章 "如画"美学背后的阶级符码 …………………… (109)
第一节 "如画美学"与"如画"热潮 ………………… (111)
第二节 奥斯丁笔下的"如画"趣味 …………………… (115)
第三节 美学批判还是阶级批判 ………………………… (120)

第六章 "如画"的趣味
——19世纪英国旅行者笔下的风景 ………………… (128)
第一节 "如画"趣味与帝国叙事 ……………………… (129)
第二节 "如画"趣味与阶级叙事 ……………………… (138)

第七章 自然的"趣味"与英国19世纪绿色
公共领域建构 ………………………………………… (153)
第一节 绿色公共领域与19世纪英国中产阶级 ……… (154)
第二节 湖区保卫运动引发的公众讨论 ……………… (159)
第三节 圣乔治社引发的公共实践 …………………… (164)

第四节　《19世纪的暴风云》引发的公众关注 ………… (169)
　　第五节　绿色公共领域与中产阶级文化认同 ………… (175)

结语 ………………………………………………………… (182)
参考文献 …………………………………………………… (189)
后记 ………………………………………………………… (209)

绪 论

"趣味"概念在英国文学中的"前世今生"

"趣味"(Taste)一词,不仅是西方美学史中的重要概念,也频繁出现在哲学、伦理学、社会学,乃至现代神经学等众多领域。更重要的是,"趣味"理论的发展与文学批评息息相关。正如德国哲学家西奥多·阿多诺(Theodor Adorno)所说:"审美趣味是历史经验最精确的测震器。"① 因此,通过聚焦文学作品中有关"趣味"的讨论,我们得以了解"趣味"理论背后的社会语境与文化变迁。

如果以英国文学为例,我们不难发现:从18世纪到19世纪,随着自由资本主义的发展,英国社会逐渐从农业社会过渡到工业社会。正是在这一转型期间,"趣味"理论在文学领域得到了广泛的讨论,18世纪甚至被称为是"趣味"的世纪(the century of

---

① Theodor Adorno, *Minima Moralia: Reflections from Damaged Life*, Trans. E. F. N. Jephcott, London and New York: Verso, 2005, p.145.

taste）。在《鉴赏家》一书中，唐恩先生（Mr. Town）如此评价18世纪英国人对"趣味"的热衷：

> 目前，"趣味"成了文人雅士追逐的偶像，实际上，它更是被当作所有艺术和科学的精华。淑女和绅士们着装讲究"趣味"；建筑师（无论他是哥特派还是中国园林派）设计讲究"趣味"；画家画画讲究"趣味"；诗人写诗讲究"趣味"；批评家阅读讲究"趣味"。简而言之，小提琴家、钢琴家、歌手、舞者和机械师们，无一不成为"趣味"的子女。然而，在这"趣味"泛滥的时代，却很少有人能说明白究竟什么是"趣味"，又或者，"趣味"究竟指代的是什么。①

"趣味"究竟指代什么？为什么"趣味"一词突然成为18、19世纪英国社会的关键词之一？可以说，上述唐恩式的追问始终回响在18、19世纪的英国文学中，并通过不同的作品、人物得以展现。以英国文学为例，"趣味"理论的变迁至少经历了两次转折，而这两次转折都与英国中产阶级的发展亦步亦趋。尤其在19世纪，"趣味"显然担负起了区分阶级，建构阶级美学景观和文化秩序的重任。进入20世纪之后，随着大众文化的兴起，"趣味"的阶级区分作用日渐淡化，而"日常趣味"则开始成为文化研究的焦点，并成功地融入许多批评家关于"文化""大众"，以及"现代性"等核心概念的争论之中。本书以19世纪英国文学为着眼点，旨在说明文学如何以微妙的形式来凸显"趣味"与中

---

① Mr. Town, Critic and Censor-General, "On Taste", *The Connoisseur*, Ed. George Colman and Bonnell Thomton, Vol. 4, London：R. Baldwin, 1757, pp. 121 – 127.

产阶级文化建构之间的关联。考虑到该话题的复杂性和延续性，笔者认为，我们有必要在"绪论"中追述其"前世今生"，从而更敏锐地把握与该词相关的阶级景观与社会景观。

从英语词源来看，"Taste"一词表示"味觉"。在德语中，与"Taste"相对应的是"gescmhack"。根据康德的定义，这个词"其本来意义是指某种感官（舌、愕和咽喉）的特点，它是由某些溶解于食物或饮料中的物质以特殊的方式刺激起来的。这个词在使用时既可表示口味的辨别力，也可被理解为合乎口味"①。有意思的是，由于"味觉"必须来自一物对另一物的物理接触，因此，以柏拉图为代表的古希腊哲学家们在无形中将它与肉欲画上了等号。例如，柏拉图在《蒂迈欧篇》中规劝"不朽的灵魂"必须远离口腹之欲：

> 我们这个种族的创造者明白，人类会在饮食方面不节制，会远远超过必要的或恰当的程度大吃大喝。为了不让疾病很快摧毁人类，使我们这个有生灭的种族不至于在没有完成使命的时候就死亡，诸神在作了预见之后就在我们身上安置了所谓的下腹部，作为接受过量饮食的一个容器，还在腹内安装了弯弯曲曲的肠子，以免食物通过太快而使身体马上就需要更多的食物，成为永不满足的婪餐之徒，使整个种族成为哲学和文化的敌人，反叛我们身上最神圣的部分。②

---

① ［德］康德：《实用人类学》，邓晓芒译，重庆出版社1987年版，第137页。
② ［古希腊］柏拉图：《柏拉图全集》第3卷，王晓朝译，人民出版社2003年版，第326页。

可见，在西方美学发展的初期，"趣味"并不属于美学范畴，而是一个与道德相关的概念。尤其在18世纪英国经验主义哲学形成之前，味觉这一感官体验很容易使人联想到肉体的放纵与无节制。

追根溯源，上述联想与《创世纪》的影响不无关系。人类的堕落似乎始于夏娃的一口苹果。因此，与"味觉"相关的"Glut""Gluttony"都成为罪恶、堕落、贪婪的同义词。17世纪初期，《失乐园》开篇即讲到死亡和灾难来自人类"致命的一口（Mortal taste）"。在弥尔顿笔下，夏娃受到了撒旦的诱惑，在梦中预见到自己的逾越之举。她如此说道："他（夏娃梦中的天使）摘下了果子，他品味了果子（He pluckt, he tasted）。"[1] 显然，此处的"品味"（taste）带有伦理学的含义。很多评论家，包括诗人雪莱都注意到了这一舌尖上的罪恶[2]。雪莱是这样说的："亚当与夏娃偷食邪恶之树的禁果，致使他们的子孙后代在上帝的迁怒之下失去了永生的机会。这一寓言恰恰解释了以下论断：不自然的饮食（unnatural diet）必然滋生疾病与罪恶。"[3] 可见，"品味"（taste）意味着一种十足的伦理学困境。更重要的是，夏娃的这一口开启了她的自我探索之旅。丹尼斯·吉甘特（Denise Gigante）

---

[1] John Milton, *Complete Poems and Major Prose*, ed. Merritt Y. Hughes, New York: Odyssey, 1957, pp. 302-303.

[2] 雪莱对于"不自然"的饮食的关注和他的素食主义背景有关。和大部分十七世纪的素食主义者一样，雪莱认为"食肉"是一种不自然的堕落的饮食选择。因此，在这一点上，他表现得像基督教神学家一样，将"品尝"与道德的罪恶相关联。此外，17世纪的主流饮食观还将未煮熟的果实列为"不自然"的饮食。正是在上述原因的共同作用下，才有了下文中雪莱关于"不自然"的饮食的论断。详见 Denise Gigante, *Taste: a Literary History*, New Haven: Yale University Press, 2005, p. 24。

[3] Percy Shelly, *Shelley's Prose; or the Trumpet of a Prophecy*, Ed. David Lee Clark, London: Fourth Estate, 1988, p. 24.

指出，"弥尔顿挑战了'taste'一词本身的本体论诗学力量（the ontopoetic power）。应该说，从弥尔顿开始，'taste'不仅仅表示主体的辨别行为，它更是主体的构成要素。"① 换言之，对自我的探索开始成为"趣味"概念的另一层含义，并预示着这一概念在18世纪的美学转向。

第一节 "趣味"概念在18世纪的美学转向

虽然18世纪被认为是理性的世纪，但"理性的人"显然只是故事的一半。经验主义哲学家约翰·洛克（John Lock）认为，"自我这一社会建构（物）"取决于人如何处理由感官获得的经验（the social construct of selfhood dependent on how human beings process Experiences through Senses）②。上述感官经验自然包括了味觉体验。随着18世纪经验主义哲学的发展，沙夫茨伯里伯爵（Shaftsbury）、休谟（Hume）、伯克（Burke）等人一再将"趣味"概念与"美"的概念并置而论，从而将"趣味"发展成为经验主义美学的核心概念之一。事实上，经验主义美学在18世纪英国的盛行绝非积句来巢，空穴来风。伊格尔顿（Terry Eagleton）在《美学意识形态》一书中指出："正是在18世纪这个特殊的时期，随着早期中产阶层的出现，各种美学概念开始出现在英国这个阶级

---

① Denise Gigante, *Taste: A Literary History*, New Haven: Yale University Press, 2005, p.24.
② 关于此观点，详见 John Lock, *An Essay Concerning Human Understanding*, Oxford: Clarendon Press, 1979。

社会的主流意识形态结构中,并不动声色地起着非同寻常的核心作用。"[1] 在随后几个世纪中,美学一直在英国社会发挥着重要作用,它的重要性在于"当它讨论艺术时,它实际上在讨论其他事情,而这些事情恰恰关乎中产阶级政治霸权(领导权)的核心问题"[2]。无独有偶,如果我们追述"美学"(Aesthetics)一词的希腊语词源,就会发现:

> 在德国哲学家亚历山大·鲍姆加登(Alexander Baumgarten)所做的最初的阐释里,这个术语首先指的不是艺术,而是如同其希腊语词源(aisthesis)所表达的一样,表示人类的全部感知(perception)与感受领域(sensation),与精妙深奥的概念思想领域形成鲜明的对照。[3]

可见,美学本身即有关感官的话语。作为人类感知世界的方式之一,"趣味"被囊括在美学的范畴之内,并随着经验主义美学在18世纪的盛行完成了其美学转向。

如果说经验主义美学在英国的发展与中产阶级的崛起密切相关,那么,"趣味"理论的"美学转向"亦与后者脱不了干系。我们知道,从18世纪开始,对自我的探索就是中产阶级主体建构的核心问题。与此相映成趣的是,在18世纪经验主义美学中,"趣味"概念始终代表着一种从表及里的探索过程,即从品尝外部世界开始,由此形成个体经验,从而产生"趣味"判断。例

---

[1] Terry Eagleton, *The Ideology of the Aesthetic*, Oxford: Blackwell Publishing Ltd., 1990, p. 4.
[2] Ibid., p. 3.
[3] Ibid., p. 13.

如，沙夫茨伯里伯爵曾指出，"趣味"始终与"自我"有关，"正是我们自己创造并形成属于我们的趣味。一切取决于我们自己是否想形成一个正确的趣味"①。在《独白，或给一位作家的建议》（"Soliloquy, or advice to and author"）一文中，沙夫茨伯里伯爵多次将作家的"趣味"暗示为一种自我形塑（self-making）的哲学，是个体的人"摈弃一切杂质"（method of evacuation）的过程②。

此处，"摈弃杂质"（evacuation）一词折射了18世纪生理学关于肠胃功能研究的发展，也让人联想起"趣味"的本义：品尝。可见，从18世纪开始，"趣味"一词实现了由表及里的蜕变，即从"品尝"美味佳肴之义延伸为表示"摒弃"文化中的粗糙、未成熟之物（crudities），从而形成正确的趣味判断之义。确切地说，自此开始，"趣味"（taste）一词与主体所可能获得的"心智培养"（cultivation）建立起了密不可分的联系。

更重要的是，沙夫茨伯里伯爵关于"趣味"的可塑性这一观点在无形中为中产阶级的社会提升打开了大门。例如，在《道德家们》（"The Moralist"）一文中，沙氏将"趣味"划分为三种类型：坏的趣味，即"做作的"（artificial）趣味；好的趣味，即"合宜的"（well-formed）趣味；以及两者之间的趣味，"自然的"趣味③。"自然的"趣味如果得以栽培，则发展成为"合宜的"

---

① Anthony Ashley Cooper, *Characteristics of Men, Manners, Opinions, Times*, ed. Lawrence E. Klein. Cambridge: Cambridge UP, 1999, p. 417.

② Ibid., p. 74.

③ 此处的"自然"的趣味指"天生"的趣味，取决于内在器官的感受力。沙夫茨伯里认为，"人天生就有审辨善恶、美丑的能力，这种审辨美的特殊感官就是'内在的眼睛'，它根植于人性中，是人的心灵的一种能力。"详见［英］沙夫茨伯里《论特征：道德家们》，载《西方美学家论美和美感》，商务印书馆1980年版，第95页。

趣味；反之，则流为"做作的"趣味①。随后，在《人、风俗、意见与时代之特征》一文中，他再次强调："一个合法的、正确的趣味的获得、形成、孕育或者产生都离不开之前的努力和批评的阵痛（A legitimate and just taste can neither be begotten, made, conceived or produced without the antecedent labour and pains of criticism）。"② 可见，沙氏认为，"合宜的"趣味可以通过个人的努力和外界的修正获得，即"趣味"可以后天形成。

沙氏的这一观点对哈奇森、休谟、伯克的"趣味"观都有极大影响。例如：在哈奇生看来，"教育和习俗会影响我们的内在感官……可以提高人心记忆、比较复杂结构的能力；在这种情形之下，面对最美的东西，我们所感受到的快感就远远高于通常的情况。"③ 休谟的"趣味观"显然与沙氏和哈奇生一脉相承。在《论趣味与激情的敏感性》（"Of the Delicacy of Taste and Passion"）一文中，他指出激情的敏感不同于趣味的敏感，而矫正"激情的敏感"是"培养更高级、更雅致的趣味"的第一要义④。因此，良好的"趣味"必须"在实践中提高，在比较中完善"⑤。可以说，"矫正"、"实践"、"比较"这几个词充分暗示了"趣味"的后天可塑性。与前面三位经验主义美学家相比，伯克的"趣味观"则显得更为激进。他完全割裂了"趣味"与内在器官

---

① ［英］沙夫茨伯里：《论特征：道德家们》，载《西方美学家论美和美感》，商务印书馆1980年版，第95页。

② Anthony Ashley Cooper, *Characteristics of Men, Manners, Opinions, Times*, ed. Lawrence E. Klein, Cambridge: Cambridge UP, 1999, p.408.

③ ［英］哈奇生：《论美与德行两个概念的根源》，载《西方美学家论美和美感》，商务印书馆1980年版，第100页。

④ ［英］大卫·休谟：《论道德与文学》，马万利、张正萍译，浙江大学出版社2011年版，第3页。

⑤ 同上书，第107页。

的关联，并指出"趣味"来自以下三要素：感觉、想象力和理性判断①。显然，这三要素的形成与"教育"和"习俗"相关，也与"矫正"、"实践"、"比较"不无关系，都可以通过后天的"心智培育"得以提高。此外，在《论趣味》一文中，他直言不讳地将产生错误"趣味"的原因归咎为"缺乏恰当的、有良好指导的训练"，并且指出"单单这种训练就可以增强和完善判断力"②。试想，既然"趣味"得益于后天的心智培育，那么，中产阶级群体为何不通过"审美趣味"的培养来提升文化身份呢？

正是在这个层面上，"趣味"理论从18世纪开始就似乎与中产阶级文化建立起了某种亲缘关系。更重要的是，在18世纪经验主义美学家们对"趣味"的讨论中，"趣味"不仅关乎个人，而且与社会的整体发展息息相关。对莎夫茨伯利来说，良好"趣味"的培养能有效实现"利己"与"利他"的双赢，因为任何个体都是社会的一部分，个体只有通过主动与他人建立积极地联系才能算是一个"有趣味的人"（Man of Taste）。因此，沙氏的"有趣味的人"必须义无反顾地承担起帮助他人形成良好趣味的道德责任③。换句话说，他们不再是感官之味（to taste）的被动承受者和消费者，相反，他们成为"趣味"的创造者和生产者。华兹华斯在1815年写过一段关于"趣味"的名言，非常生动地描述了上述从被动转为主动的过程："趣味，它所涉及的范围早已被迫超过了原本的哲学范畴。作为一个隐喻，它来自人类身体的被动感

---

① ［英］埃德蒙·伯克：《关于我们崇高与美观念之根源的哲学探讨》，郭飞译，大象出版社2010年版，第25页。
② 同上。
③ Denise Gigante, *Taste*: *A Literary History*, New Haven: Yale University Press, 2005, p. 52.

知，然后其意义转变为表示在本质上完全不被动的事物，例如'智识行为'（Taste, …is a word which has been forced to extend its service far beyond the point to which philosophy would have confined. It is a metaphor, taken form a passive sense of the human body, and transferred to things which are in their essence not passive, -to intellectual acts and operations）."① 不难看出，上述语义转变折射了中产阶级个体希望通过自主创作，实现群体发展的心理诉求。

事实上，从18世纪中后期开始，个体与他人之间的对立与融合，个体发展与群体发展之间的矛盾与冲突一直让英国中产阶级成员倍感焦虑。正如伊格尔顿指出的那样，虽然新兴的中产阶级成员信心百倍地把自己定义为自由的，普遍的主体，但他们始终焦虑地意识到：他们追捧的个人主义过于琐碎与务实，是一种粗鲁的个人主义。"粗鲁"一词的原文为ROBUST，虽有茁壮之意，却一语双关，道出了个人主义的致命缺陷：即只顾个人，不顾他者；只顾个体，不顾总体。因此，在伊格尔顿看来，审美的介入是化解上述矛盾的有效手段。用他的话来说，审美是一个"和解之梦"，"梦想每一个个体能在无损个性的前提下交织成为亲密的总体，而在抽象的总体中则洋溢着真切实在的个体生命"②。

从以沙氏为代表的经验主义美学家们关于"趣味"的阐释来看，他们都做着同样的"和解之梦"。除去沙氏外，休谟在《趣味的标准》一文中也提出："寻求一种趣味的标准是很自然的，

---

① Wordsworth, "Essay, Supplementary to the Preface" (1815), qtd. in Denise Gigante, *Taste: A Literary History*, New Haven: Yale University Press, 2005, p. 68.
② Terry Eagleton, *The Ideology of the Aesthetic*, Oxford: Blackwell Publishing Ltd., 1990, p. 25.

它是一种能够协调人们各种不同情感的原则。"[①] 此外，他强调：一个批评家要进行良好的趣味判断，就必须"把自己当成一个普通人，如果可能的话，要忘记自己的存在以及具体的环境"[②]。可见，在休谟这里，"忘我"是协调与他人情感的前提，也是实现趣味判断的必要手段。与沙氏、休谟形成呼应的是伯克关于"趣味"的定义。《论趣味》一文是《关于我们崇高与美观念之根源的哲学探讨》（*A Philosophical Enquiry into the Origin of Our Ideas of the Sublime and Beautiful*）一书的序言。在该文中，伯克指出："趣味"来自于"对感官初级感觉、想象力的次级感觉以及理性能力所得结论的整体把握"，更重要的是，它与"人类的激情、习惯和行为方式"密切相关[③]。在随后的文章中，伯克又指出人类的激情大体分为两种：惊恐、害怕等涉及个体自保的激情，以及温柔、爱恋等涉及社会交往的激情[④]，前者与"崇高"相对应，后者与"美"相对应。换句话说，伯克的"趣味"观兼顾"个人"与"社会"，既是"崇高"的，又是"美"的。

显然，在18世纪经验主义美学家关于"趣味"的论述中，主体的感官经验有着举足轻重的地位，但与此同时，强烈的他人意识让"趣味"判断在成为美学判断的同时，又不失为一个伦理判断。从这一点来看，"趣味"理论脱胎于伦理学范畴，成熟于伦理学之外，却始终与人作为伦理个体的成长息息相关。值得注

---

① ［英］大卫·休谟：《论道德与文学》，马万利、张正萍译，浙江大学出版社2011年版，第95页。
② 同上书，第105页。
③ ［英］埃德蒙·伯克：《关于我们崇高与美观念之根源的哲学探讨》，郭飞译，大象出版社2010年版，第25页。
④ 同上书，第35页。

意的是，在18世纪中产阶级成员眼里，如何成为一个有"趣味"的人也是一个关乎本阶级文化建构的核心问题。一方面，"趣味"理论重视"趣味"的后天培养和获得，这必然有助于中产阶级群体建立其文化合法性（cultural legitimacy）；另一方面，18世纪的"趣味"理论强调在主体与他人的关系中形成正确的"趣味"观，这无形中体现了中产阶级内部对咄咄逼人的经济个人主义的反思。实际上，到18世纪接近尾声时，尤其在1789年法国大革命的枪声打响之后，越来越多的英国人开始意识到无限制的个人主义可能带来的骚动与混乱。正如威廉斯在《文化与社会》一书中所说："随着变革的潮流日益高涨，对稳定的肯定变成了拼命式的防卫。"① 因此，从某种程度来讲，"趣味"理论中的"他人"意识有利于中产阶级群体维护自身的政治稳定性。

总的说来，循着18世纪的历史脉络，我们在18世纪的"趣味"理论中读出了一种共同体式的理想。在这个共同体中，有对自我探索的肯定与信仰，又不乏对利他主义和社会情感的强调。拿康德的话来说，在一个以阶级分层和社会竞争为标志的社会秩序中，最终在美学中也只有在美学中才能共同建立起一个亲密的共同体（Gemeinschaft）②。不可否认，康德式的"美学共同体"与英国中产阶级"稳中求进"的心理不谋而合。作为上述"美学共同体"的一部分，"趣味"理论在18世纪的美学转向自然为该阶级的文化塑形起到了推波助澜的作用。

需要强调的是，对英国中产阶级成员而言，18世纪末到19

---

① ［英］雷蒙德·威廉斯：《文化与社会》，吴松江、张文定译，北京大学出版社1991年版，第32页。

② Terry Eagleton, *The Ideology of the Aesthetic*, Oxford: Blackwell Publishing Ltd., 1990, p. 75.

世纪初是一个重要的历史阶段。通过一系列涉及税收、议会、市政改革等措施以及废除《谷物法》运动，脱胎于工业革命的制造商和商人日渐合法化了自身的政治、经济地位。但是，直到18世纪末，这部分具有很强异质性的人才开始形成共同的文化意识和诉求。因此，美国历史学家约翰·斯梅尔在以人类学的视角考察了英国地方史后指出："直到18世纪末19世纪初，各种地方性的中产阶级文化才呈现出某种共同的特征，而这些共同特征的认同和明确表达则直接导致了英国中产阶级文化的形成。"① 同样，雷蒙德·威廉斯在考证"中产阶级"（Middle-class）一词的起源时也指出：对英国人来说，"中产阶级"这一说法始于18世纪末19世纪初，并在19世纪得到广泛使用②。换句话说，正是从18世纪末19世纪初开始，英国中产阶级试图通过梳理其"共同的特征"来建构属于自身的"文化秩序"和"文化合法性"。对他们而言，对"趣味"概念的探索依然像在18世纪一样举足轻重，因为对"共同的特征"的定义势必包含对共同的"趣味"的表达。正因为如此，在19世纪，我们看到各类以"行为指导"、"生活指导"命名的小册子风靡一时。实际上，关于礼仪、着装、语言、休闲生活等"趣味"标准的探索在18世纪就早见端倪。艾琳·麦基（Erin Mackie）在其著作《时尚的市场：〈闲谈者〉与〈旁观者〉中的时尚、商品与性别》中曾指出：通过对

---

① ［美］约翰·斯梅尔："前言"，载《中产阶级文化的起源》，陈勇译，上海人民出版社2006年版，第7页。
② 根据威廉斯的考证，具有社会意义的"class"一词的现代结构在18世纪末才开始建立。18世纪90年代，出现"中产阶级"（middle classes）、"中层阶级"（middling classes）等词。"中上阶级"（upper middle classes）在19世纪90年代首次耳闻，"中下阶级"（lower middle classes）则始闻于20世纪。详见《文化与社会》，第16页。

趣味标准的操控，18世纪的《闲谈者》与《旁观者》之类报刊对读者群体的消费行为、态度和观念都产生了巨大的影响①。而且，在进入19世纪之后，对"趣味"的狂热非但没有降温，反而愈演愈烈。对合宜的"趣味"的培养似乎成为各类人士实现社会抱负的重要途径之一。

然而，另一方面，随着自由主义经济的迅猛发展，越来越多的中产阶级成员意识到，18世纪"趣味"理论中的共同体情怀有悖于资本主义市场竞争的本质。也就是说，面对市场竞争，美学转向后的"趣味"理论犹若炙冰使燥，积灰令炽，日益与中产阶级群体的发展诉求相脱节。对此，伊格尔顿直言不讳：

> 美学显然不能充当中产阶级的主导意识形态，因为在工业资本积累的混乱过程中，中产阶级需要比情感和直觉更为牢固的东西来维持其统治地位。……对19世纪英国中产阶级而言，这是一个逐步发展的问题。为了合法化其意识形态，中产阶级依旧依赖于某些抽象的价值观。但是，其赖以生存的物质活动却使其深陷颠覆上述价值观的危险。……在此意义上，"经济基础"的本质尖锐地对立与"上层建筑"的要求。②

可见，19世纪英国中产阶级所需依赖的"抽象的价值观"远非美学所能囊括，它指向美学领域之外的更为广阔的价值体系。

---

① Erin Mackie, *Market a' La Mode: Fashion, Commodity, and Gender in The Tatler and The Spectator*, Baltimore: Johns Hopkins University Press, 1997.

② Terry Eagleton, *The Ideology of the Aesthetic*, Oxford: Blackwell Publishing Ltd., 1990, pp. 61-63.

对此，伊格尔顿并未言明，但他以19世纪的文化批评家卡莱尔、罗斯金为例，说道：

> 工业资本主义绝不能粗暴地低估"精神"的价值，即使这些价值日益带上空泛而难以置信的意味。只要提到维多利亚时代的资产阶级，人们既不能完全相信，也无法完全否定以卡莱尔或罗斯金为代表的，怀旧式的新封建主义（neo-feudalism）。虽然他们的幻想极有可能是怪异而不真实的，但它们是意识形态的刺激物和道德教诲的源泉，而市场，至少市场的低级秩序，则无法提供上述刺激与源泉。①

那么，伊格尔顿所说的抽象的，"精神"的价值究竟是什么？19世纪中产阶级成员对它的需求又是如何促使"趣味"理论在该时期转向英国的文化批评传统呢？

第二节 "趣味"概念在19世纪的文化转向

可以说，英国的文化批评传统滥觞于英国社会在19世纪所经历的"转型焦虑"。"转型焦虑"，指传统社会向现代化范型（Modernization paradigm）社会结构系统转换所引起的焦虑，尤指人类社会从农业文明向工业文明转型所引起的不安与忧思。哈特

---

① Terry Eagleton, *The Ideology of the Aesthetic*, Oxford: Blackwell Publishing Ltd., 1990, p. 63.

曼将上述"焦虑"定义为"对文明的肤浅及其悖逆自然的效应的焦虑",并指出,正是这种对于工业文明的忧虑开始赋予"文化"一词以新的价值含义①。因此,在 19 世纪,逐渐有了'文化'与'文明'的永久区别(the permanent distinction between civilization and cultivation)。且看塞缪尔·柯勒律治如何形容"文明":

> 国家的长久存在……国家的进步性和个人自由……依赖于一个持续发展、不断进步的文明。但是,文明如果不以教养(cultivation)为基础,不与人类所特有的品质与感官共同发展的话,那么,这种文明本身就是一种混合低劣的善,不亚于任何一种腐化的影响力。换句话说,它更像是疾病引起的潮热,而不是健康导致的容颜焕发,而以这种文明著称的国家,与其说是一个完美的民族,还不如称之为虚饰的民族(a nation so distinguished more fitly to be called a varnished than a polished people)。②

紧接着,他总结道:"一个国家永远都不会教养过度,却很容易变成一个过度文明的种族(a nation can never be too cultivated, but may easily become an over-civilized race)。"③ 柯勒律治的言外之意非常明显,即任何健康的文明都必须以"教养"为基础,否则,它将走向文化的对立面。

---

① Geoffrey H. Hartman, *The Fateful Question of Culture*, New York: Columbia University Press, 1997, p. 207.
② 转引自[英]雷蒙德·威廉斯《文化与社会》,吴松江、张文定译,北京大学出版社 1991 年版,第 95—96 页。
③ 同上书,第 96 页。

值得注意的是，柯氏对"文化"概念的重视与边沁式功利主义导致的一系列问题密切相关，也与19世纪中产阶级对自我发展的探索不无关系。对于寻求崛起的中产阶级来说，早期的功利主义哲学让其受益匪浅。但是，当工业革命进入下一阶段之后，以 J. 穆勒为代表的经济学家们开始注意到：边沁式功利主义虽然造就了"一个持续发展、不断进步的文明"，但这个文明不可能导向一个鼓励"人类所有特质和官能共同发展"的社会①。究其原因，是因为边沁"从未曾意识到人有能力把精神的完美当作一个目的来追求"②。柯氏的观点与穆勒颇为相同。他认为：生活的总体发展需要追求精神的完美，而满足这种"完美的冲动"的唯一途径即培养一颗有教养的心。此处，柯氏所说的"教养"即"文化"一词，也是本文第一部分所说的"心智培育"③，它又与本文第一部分中伊格尔顿所说的抽象的、"精神"的价值相契合。对于上述从"文明"到"文化"的重心位移，威廉斯如此评价道：

> 面临根本的变迁，在18世纪被看作是理想性人格的教养——使人能参与礼仪社会的个人修养——如今被重新定义为整个社会所依赖的一种条件。在上述情境下，教养或文化（cultivation, or culture）显然变成了一种社会因素。④

---

① [英]雷蒙德·威廉斯：《文化与社会》，吴松江、张文定译，北京大学出版社1991年版，第95页。
② 同上书，第97页。
③ 威廉斯在《文化与社会》一书中指出：柯勒律治所说的"教养"在别处成为"文化"。具体参见第96页。
④ [英]雷蒙德·威廉斯：《文化与社会》，吴松江、张文定译，北京大学出版社1991年版，第96页。

换句话说,"心智培育"不再只是一个个体提升自我的过程,反之,它是社会得以整体发展的必要条件。正以为如此,其内涵在19世纪从单纯的"个人修养"转变为凝集社会力量的"社会因素"。如果我们以此反观伊格尔顿关于18世纪中产阶级无法仅仅满足于成为单个美学主体的判断,则不难理解。因为所谓"心智培育",指的是冶炼情操,调节激情,使人的举止优雅、心态开放,敏感与他人的利益;尤其指自我怀疑、自我约束、自我牺牲等精神的培育。它不仅仅包括对美学鉴赏力的培育,还包括对人的禀赋与品质等抽象的精神价值的培养。因此,随着中产阶级内部的发展危机愈演愈烈,人们开始将"心智培育"问题从个人层面推向社会层面。

事实上,正是"心智培育"这一共通点将"趣味"理论纳入到了19世纪文化批评的体系之中,使其在19世纪转向文化批评,从而成为对抗与化解转型期焦虑的有效批评维度。应该说,在19世纪,"趣味"理论特指与工具理性、功利主义,单向度追求物质利益的"文明"相对立的批评话语体系。因此,19世纪文化批评家对"趣味"的讨论往往与他们对文明的批判有关,而中产阶级的趣味问题则往往是他们的切入点。纵观19世纪的英国文学,这样的例子比比皆是。

例如,马修·阿诺德在《文化与无政府状态》一书中将沉闷、乏味的中产阶级形容为毫无"趣味"可言的非利士人,并以中产阶级对《不列颠旗报》[①]的追捧来说明中产阶级成员

[①] 转引自韩敏中《文化与无政府状态》,生活·读书·新知三联书店2008年版,第78页,脚注2:《不列颠旗报》是英国福音教徒,尤其是公理拍的周刊,通过传播虔敬行为、流言蜚语和制造恐惧来迎合中产阶级的趣味。

身上"狭隘的小家子气"与其在文学判断力方面的低下趣味不无干系①。因此，早在写《法国的伊顿》一文时，阿诺德就提出要通过"心智培育"来改良中产阶级"趣味"，并立志将"一个心胸狭隘、不具亲和力、不具吸引力的中产阶级"转变为"一个有教养、思想自由、心灵崇高、洗心革面的中产阶级"②。事实上，这样的转变并非易事。不久之后，他就意识到：完成上述心智培育过程所需对抗的是中产阶级成员奉为圭臬的工具理性主义。因此，他不无反讽地说道："非利士意味着僵硬地对抗光明与光明之子，而我们的中产阶级岂止不追求美好与光明，相反他们喜欢的就是工具，诸如生意啦，小教堂啦，茶话会啦，墨菲先生的讲演啦等等。"③ 可见，在阿诺德这里，对"趣味"的批评最终导向其对以工具理性为代表的"文明"的质疑。

同样，当罗斯金讨论起"趣味"问题之时，也不忘记强调"趣味"与"文明"之间的关系。在面向布雷德福交易所（其成员为以中产阶级为主的商人）的讲座中，他指出："好的趣味本质上是一种道德品质"，它不仅是"道德的组成部分和道德的标志，而且是最高尚的道德"④。随后，罗斯金以特尼尔斯的画为例，说明了"恶魔的趣味"与"天使的趣味"之间的差别。在他看来，特尼尔斯的画虽然异常精美，但画所展现的主题（一群酒鬼正在为掷骰赌博而争吵）却"粗野"而"不道德"，因此是

---

① 韩敏中：《文化与无政府状态》，生活·读书·新知三联书店2008年版，第78页，脚注1。
② 徐德林：《作为有机知识分子的马修·阿诺德》，《国外文学》2010年第3期。
③ 韩敏中：《文化与无政府状态》，生活·读书·新知三联书店2008年版，第69页。
④ ［英］约翰·罗斯金：《罗斯金读书随笔》，王青松、匡咏梅译，上海三联书店2001年版，第128页。

"不良趣味",也是"恶魔的趣味"。与此相反的是,"一幅提香的画、一尊希腊雕像、一枚希腊钱币或者一幅透纳的风景画,它们表现了对善良和完美事物不断回味的快乐——这是一种天使的趣味"①。初看之下,"趣味"问题似乎又回到了道德、伦理层面。然而,值得注意的是,与上述审美判断、道德判断紧紧联系在一起的还有罗斯金对19世纪英国社会的社会判断。在他看来,自由资本主义经济在创造大量财富的同时,也滋生了一种错误的"实用的宗教",即对财富的崇拜②。正是在这位"市场上的雅典娜"的领导之下,维多利亚人的道德力量日益衰退,并最终将陷入灾难的"暴风云"③。因此,他不无痛心地呼吁道:"如果把那个应该禁止的财富偶像之神,继续视为你的主神的话。那么,可能很快就会不再有艺术,不再有科学,不再有快乐。"④ 同样,按照罗斯金的标准,维多利亚人也不再会有"天使的趣味"。上述推断并非空穴来风。既然"教授趣味就是塑造性格",那么一个文明,如果其缺乏艺术、科学、快乐等心智培育所必需的养分,又该如何形成良好的"趣味"呢?在对工业文明的批判这一点上,罗斯金与阿诺德可谓颇有默契。

作为受罗斯金最直接、最深刻影响的人,威廉·莫里斯从来不掩饰其对中产阶级毫无趣味可言的生活的抨击。在他看来,富

---

① [英]约翰·罗斯金:《罗斯金读书随笔》,王青松、匡咏梅译,上海三联书店2001年版,第130页。
② 同上书,第140—141页。
③ 在《19世纪的暴风云》一文中,罗斯金以自然现象中的"暴风云"为隐喻,详述了19世纪自由资本主义经济导致的道德黑暗和文化无序。详见何畅《环境与焦虑:生态视野中的罗斯金》,中国社会科学出版社2012年版,第111—115页。
④ [英]约翰·罗斯金:《罗斯金读书随笔》,王青松、匡咏梅译,上海三联书店2001年版,第150页。

有的中产阶级人士从来都不会是变革"趣味"的主力,因为,他们对"机械的进步"心满意足,并且"几乎都真的认为除了继续摆脱野蛮时代的少数可笑残余而使文明更完美之外,再也没有什么事要做的了"①。除此之外,英国的中产阶级的"无眼的庸俗"(eyeless vulgarity)来自他们对新的经济秩序,即商业文明的依赖。因此,在《艺术与社会主义》("Art and Socialism")一文中,他这样写道:

> 今天的英国中产阶级……对艺术有高度的志趣,又意志坚强,他们深信文明必须以美作为人类的生活环境;我还知道有成千上万修养比他们略差一点的人,文雅且有教养,追随中产阶级并赞同他们的见解。但是无论是领路人还是他们的追随者,都无法从商业的掌控中救出几个平民(commons)。他们尽管拥有天赋,又不乏文化,却犹如许多操劳过度的鞋匠一样束手无策。②

正是基于上述原因,他声明自己不再愿意把时间和精力浪费在中产阶级准艺术家们(the quasi-artistic of the middle classes)所提出的改良方案上,因为他们的艺术早已成无根之木、无源之水③。反之,他更愿意将一生的激情投入到对现代文明,即商业

---

① William Morris,"How I Become a Socialist", *News from Nowhere and Selected Writings and Designs*, London: Penguin Group, 1962, p. 35.
② [英]威廉·莫里斯:《艺术与社会主义》("Art and Socialism"), repr, Nonesuch Morris, p. 630. 转引自[英]雷蒙德·威廉斯《文化与社会》,吴松江、张文定译,北京大学出版社1991年版,第203—204页。
③ William Morris,"How I became a Socialist", *News from Nowhere and Selected Writings and Designs*, London: Penguin Group, 1962, p. 37.

文明的痛恨之中①，并称之为向现代社会的菲力士主义（市侩主义，尤指中产阶级的庸俗趣味）宣战②。换言之，和他的导师罗斯金一样，莫里斯对中产阶级"趣味"的抨击来自其对商业文明的失望。不同的是，莫里斯把对文明的批判这一传统依附在了一股实际的、不断增长的社会势力，即有组织的工人阶级身上③。

不难看出，以阿诺德、罗斯金和莫里斯为代表的19世纪文化批评家对中产阶级趣味的批评基于他们对"过度的文明"的忧思，因此，它不啻为一种"转型的焦虑"。与此同时，19世纪的小说家也不忘将上述"焦虑"诉诸笔端。无论是奥斯丁笔下的埃莉诺与玛丽安的"趣味"之争，还是爱略特在《丹尼尔·德隆达》一书所涉及的"音乐"话题，都折射出作家对"过度的文明"所带来的"心智培育"问题的关注。然而，如果我们沿着"趣味"概念在19世纪的发展轨迹细细探究，就会发现上述对文明的焦虑只是故事的一部分。

威廉斯曾说过，"在一个充分工业化的发达社会中，极少有人能避免夹杂以本阶级为重的阶级感受"④，阿诺德、罗斯金和莫里斯不能例外，奥斯丁与爱略特也无法例外。因此，19世纪的"趣味焦虑"不仅包括了中产阶级群体对过度发展的文明的焦虑，也包括了该群体对自身文化建构的焦虑。如果说前者是一种外在的、以社会的有机发展为目标的焦虑，那么，后者则是内在的，

---

① William Morris, "How I became a Socialist", *News from Nowhere and Selected Writings and Designs*, London: Penguin Group, 1962, p. 36.
② Ibid., p. 33.
③ [英]雷蒙德·威廉斯：《文化与社会》，吴松江、张文定译，北京大学出版社1991年版，第199页。
④ 同上书，第163页。

并以中产阶级群体的群体发展为终极目标。更有意思的是，在后一种"焦虑"中，中产阶级的"趣味"不再是众矢之的。反之，它成为中产阶级区分"他者"，构建自身文化身份的有效编码（codes）。

事实上，关于"趣味"的"区分"作用，雷蒙德·威廉斯在梳理"趣味"一词意义的嬗变时，已经指出：从17世纪开始，该词变得日益重要，并几乎等同于"区别"（discrimination），"它……意味着明察秋毫的禀赋或智力，我们借此甄别良莠，区分高低"①。尤其从18世纪末到19世纪，Taste和Good Taste已经从积极的显示人类本性的意涵（active human sense）转化为表示"某些习惯或规范的获得"②。威廉斯的分析在无形中回应了法国社会学家皮埃尔·布迪厄（Pierre Boudieu）在《区隔：关于趣味判断的社会批判》（*Distinction*：*A Social Critique of the Judgement of Taste*）一书中对"趣味"的论述。在后者看来，趣味能起到从本质上区分他人的作用，因为"你所拥有的一切事物，不管是人还是事物，甚至你在别人眼里的全部意义，都是以'趣味'为基础的。你以'趣味'来归类自己，他人以'趣味'来归类你"③。换句话说，"趣味"意味着肯定"差异"，而合法化一种"趣味"则意味着否定其他"趣味"。因此，在"趣味"这件事情上，所有的"确定"都意味着"否定"（all determination is negation）④。

---

① Raymond Williams, *Keywords*: *A Vocabulary of Culture and Society*, Oxford: Oxford University Press, 1983, p. 313.
② Ibid.
③ Pierre Boudieu, *Distinction*: *A Social Critique of the Judgement of Taste*, Trans. Richard Nice, London and New York: Routledge, 2010, p. 49.
④ Ibid.

如果我们以布迪厄的理论对照威廉斯的分析，不难看出，两者讨论的内容如出一辙。"某些习惯或规范的获得"意味着肯定主体的趣味判断，合法化主体所在阶层的文化正确性，并以此区分并否定他者的趣味选择。一言以蔽之，"趣味"发挥着阶级标志的作用①。

有意思的是，社会学家欧文·戈夫曼在《日常生活中的自我表现》一书中大量引用了18—19世纪英国文学来阐明"自我表演"（self-performance）背后的社会阶级意识。由此可见，当时的英国文学家们并非没有察觉到以下事实：阶级"趣味"将决定"自我表演"的性质，并区分表演主体的社会阶层。尤其对中产阶级成员而言，"趣味"的选择即一次"自我表演"，是其向上"区分"贵族阶层，向下"区分"劳工阶层的有效手段。因此，尽管中产阶层试图模仿并挪用（appropriate）绅士文化的一些元素，但总的说来，他们希望重新定义"趣味"，在"良好的趣味"与"道德敏感性"（moral sensibility）之间形成崭新的关联，并以此区分贵族阶层的衰败与劳工阶层的粗暴②。不可否认，这个重新定义的过程是充满着焦虑和不安的。正因为如此，透过19世纪英国文学，我们看到：奥斯丁在其早期作品中对代表贵族趣味的"如画美学"（the Picturesque）提出质疑；罗斯金和华兹华斯通过关于环境的讨论对分别代表贵族趣味和大众趣味的"如画"旅行、大众旅行提出改良方案，希望形成适合中产阶级的文化旅行；在旅行文学家笔下，风景不再是单纯的风景，它演变成为兼

---

① Pierre Boudieu, *Distinction: A Social Critique of the Judgement of Taste*, Trans. Richard Nice, London and New York: Routledge, 2010, pp. xxiv – xxv.

② Marjorie Garson, *Moral Taste: Aesthetics, Subjectivity, and Social Power in the Nineteenth-Century Novel*, Toronto: University of Toronto Press, 2007.

具"民族性"和"阶级性"的景观；威廉·柯林斯和乔治·吉辛通过对"科学、话语"和"阅读"趣味的探讨来"区分"被他们视作"暴民"的劳工阶层。可以说，在19世纪英国文学中，这样的例子不胜枚举，它们都以各自的方式体现了中产阶级群体通过否定"他者"来肯定自身文化秩序的焦灼心态。正如伊格尔顿所言："中产阶级主体需要他者来证明他的权力和财产不只是幻想，他的活动是有意义的……然后，对主体而言，他者的存在又是难以容忍的，他要么被排斥出去，要么被吸纳进来。"① 值得一提的是，"趣味"所产生的"区分"往往是软性的，模糊的。因此，以"趣味"来排斥"他者"更像是一种象征性的颠覆或控制。对英国19世纪的中产阶级主体而言，这一点尤为重要。一方面，他们与贵族阶层仍然存在着合谋关系；另一方面，他们也不愿与劳工阶层反目为仇②。有鉴于此，"趣味"区分作为一种"间接"的"否定"，能有效化解剑拔弩张的阶级对抗，不失为一种"隐形"的权力话语。

总之，"趣味"话语在19世纪有机地融合到了英国文化批评传统的脉络之中，成为该传统不可或缺的组成部分。应该说，弥漫在19世纪英国文学中的"趣味"焦虑既来自中产阶级群体对过度的文明的焦虑，也来自该群体对自身文化建构的焦虑。通过聚焦"趣味"一词从18世纪到19世纪的意义嬗变，我们看到了英国中产阶级群体对以下三个层面的反思与考量：个人的发展、

---

① Terry Eagleton, *The Ideology of the Aesthetic*, Oxford: Blackwell Publishing Ltd., 1990, p.71.

② 从席卷19世纪英国的"反《谷物法》运动"和"宪章运动"来看，中产阶级与城镇劳工阶级之间的关系是错综复杂的。前者争取政治、经济权益的活动都离不开后者的参与与拥趸。

团体或阶级的发展,以及社会的发展。T.S. 艾略特在《文化定义札记》（*Notes Towards The Definition of Culture*）一书中曾说道："文化"有三种含义,即个人的文化、团体或阶级的文化和社会的文化①。也正是通过上述三个层面,"趣味"批评始终与19世纪文化批评传统水乳交融,相得益彰。此外,我们不难看出,从18世纪中产阶级成员对个人"心智培育"的重视,到19世纪中产阶级群体对自身文化合法性以及社会整体发展的反思,"趣味"理论在19世纪完成了其文化转向,即实现了"由个体的精神层面延伸到社会公共领域的转变"②。与此同时,其主体也相应地从精英阶层扩展至大众阶层。因此,"大众趣味"在当代的发展也并非意料之外。

第三节 "大众趣味""日常趣味"与"现代性"

事实上,早在17世纪,圣·埃弗雷蒙（Saint-Evremond）就从贵族的立场出发,提出了"有趣味的大众"这个概念③。然而,真正将"趣味"与"大众"概念相关联并加以讨论的还是F.R·利维斯和雷蒙德·威廉斯两位文化批评家。

---

① T. S. Eliot, *Notes Towards the Definition of Culture*, London: Faber and Faber Limited, 1948, p. 24.
② 黄仲山：《权力视野下的审美趣味研究》,博士学位论文,中国社会科学院,2013年,第38页。
③ Michael Moriarty, *Taste and Ideology in Seventeenth-Century France*, Oxford: Cambridge University Press, 1988, p. 107.

让我们先回到威廉斯在《关键词》一书中对"趣味"的阐释。在谈及"趣味"一词在当代的发展时,威廉斯意味深长地讲到:"最后,值得注意的是,要理解当下的'趣味'概念,就不得不提'消费者'这个概念。"① 威廉斯的话不无道理。根据朱丽叶·约翰和艾丽丝·詹金斯的研究,消费文化大致兴起于维多利亚时代,并导致当时的社会价值观发生了巨大的迁移。可以说,从维多利亚时代起,"判定价值的标准就发生了重心转移,即由强调生产和再生产过程中的劳动转变为注意消费者的趣味与欲望"②。换句话说,消费者的"趣味"决定了商品的生产规模。因此,在进入工业化社会以后,"趣味"的市场引导作用不容忽视。然而,更不容忽视的是:究竟谁是当代社会的"趣味"主体呢?我们已经在前文中提及,当"趣味"理论在19世纪完成了其文化转向之后,其主体也相应地从精英阶层逐渐扩展至普通大众。但是,究竟谁是"大众"?我们又该如何界定"大众"?应该说,利维斯和威廉斯对"大众趣味"的讨论都与对"大众"概念的界定密切相关。

在利维斯这里,"大众"应该是"心智成熟的民众"(the educated public)。他呼唤后者的出现,因为在他看来,英国民众已然在高歌猛进的现代文明中失去了对文明应有的正确判断,并没有意识到"当前的物质环境和知识环境会如何影响趣味、习惯、成见、生活态度及生活质量"③。换言之,"心智成熟的民众"所

---

① Raymond Williams, *Keywords: A Vocabulary of Culture and Society*, Oxford: Oxford University Press, 1983, p. 314.
② Juliet John and Alice Jenkins, "Introduction", *Rethinking Victorian Culture*, Ed. Juliet John and Alice Jenkins, Houndmills: Macmillan Press LTD, 2000, pp. 10 – 11.
③ F. R. Leavis and Denys Thompson, *Culture and Environment: The Training of Critical Awareness*, London: Chatto & Windus, 1964, pp. 4 – 5.

拥有的"趣味"才是正确的"大众趣味"。那么，什么样的民众才是"心智成熟的民众"？在其晚年演讲集《我的剑不会休息》(*Nor Shall My Sword*) 中，利维斯写道：

> 心智成熟的民众即便被称作有教养的阶层……也不可能被看作寡头政治……更不应该被称作"精英人物"。……心智成熟的民众或阶层，由来自广泛的不同社会地位、不同经济利益和政治立场的人民组成，他们的重要性正在于他们思想倾向的多元和意识形态的非统一性。①

事实上，早在1961年，利维斯就已经提出了类似的说法。在针对斯诺"两种文化论"的演讲的美国版前言，他指出："我相信在当今的英国（我所言仅限于英国）存在这样一个民众的基础；这个群体由许多有教养、有责任感的个人组成，正在形成某种知识共同体……"② 显然，"心智成熟的民众"来自于社会各个阶层，并非通常意义上的社会、文化精英。或者说，这些"心智成熟的民众"本身就是"大众"的一部分。但是，民众又该如何走向心智成熟呢？

在《大众文明与少数人文化》(*Mass Civilization and Minority Culture*) 一书中，利维斯以阅读趣味为例，详细地说明了"民众"该如何通过"少数人"的引导完成心智培育，成为"心智成熟的民众"。他在文中指出，"图书行会"（The Book

---

① F. R. Leavis, *Nor Shall My Sword: Discourses on Pluralism, Compassion and Social Hope*, London: Chatto & Windus, 1972, p. 213.
② F. R. Leavis, *Two Cultures? The Significance of C. P. Snow*, Cambridge: Cambridge University Press, 2013, p. 81.

Guild）将《荒原》、《尤利西斯》、《到灯塔去》等作品划为高眉文学（High-brow），这实际上是一种将大众与真正的时代趣味相隔离的做法。事实上，只有在这些作品中，这个时代最卓越的创造性才得以体现①。更重要的是，将"表达时代最精致的意识"的作品划在大众趣味之外本身就是贬低大众趣味的做法。"图书行会"所推崇的大众阅读模式②看似简单明了，易为大众接受，却只会使大众远离真正的"趣味"。因此，他呼吁少数人带领大众突破标准化的文明所制造的重重壁垒，走向真正的大众文化③。可见，在利维斯这里，"少数人"并非"精英式"的"少数人"④，他们是帮助大众突破重围的"少数人"。正是在"少数人"的引导之下，"大众"完成了心智培育的过程，成为"有趣味的大众"。应该说，通过对"阅读趣味"的讨论，利维斯在无形中消解了"少数人"与"大众"之间的对立，为大众趣味在日后走向多元化与日常化打下了基础。

有意思的是，利维斯在形容"大众"时用的是英文单词"public"，但在威廉斯的讨论中，他却用了"mass"一词。两

---

① F. R. Leavis, *Mass Civilization and Minority Culture*, Cambridge：Minority Press, 1930, p. 17.

② 利维斯在书中指出，"图书行会"对优秀书籍的选择遵循以下模式：一个好听的故事，投合大众的口味，却仍然可以成为优秀文学作品——成为优秀文学作品，却依然趣味盎然，引人入胜。详见 F. R. Leavis, *Mass Civilization and Minority Culture*, Cambridge：Minority Press, 1930, p. 16。

③ F. R. Leavis, *Mass Civilization and Minority Culture*, Cambridge：Minority Press, 1930, p. 17.

④ 笔者认为，将利维斯简单、粗暴地贴上"精英主义"的标签未免有失公允。欧荣教授在《"少数人"到"心智成熟的民众"——利维斯的文化批评与"共同体"形塑》一文中也指出利维斯主义并非单纯的精英主义和复古主义。利维斯的"少数人"和"心智成熟的民众"之间存在着争吵、对话与合作关系。详见《杭州师范大学学报》（社会科学版）2015 年第 4 期。

者的感情色彩不尽相同。在威廉斯看来,"大众趣味"(mass taste)这个说法本身带有贬义。因为自法国大革命之后,"大众"一词就带有"不稳定"、"粗俗"或"低下"的意思。因此,即使在20世纪,虽然与"大众"相关的词语日渐摆脱其负面含义,但"大众"依然隐含有"乌合之众"(mob)的意思[1]。例如,在右派理论家的保守立场里,"大众趣味"这一说法仍然体现出强烈的阶级区隔感。但是,威廉斯也指出,在大众(mass)与群众(masses)所构成的组合词的现代用法里,最有趣的一点就是它们本身所包含的对立的社会意涵[2]。可以说,一方面,保守主义者们对"大众"嗤之以鼻,另一方面,社会主义者们却对他们赞赏有加。在《文化与社会》一书中,威廉斯坦率地指出:这种对立来自于如何看待"大众"。在他看来,

> 实际上没有大众,有的只是把人看成大众的那种看法。……事实上,为了实现政治或文化剥削,如何看待他人变得日益举足轻重。这已经成为我们这种社会的特征之一。客观地说,我们看到的是其他人(other people),许许多多的其他人,是我们并不了解的其他人。正是我们自己根据某种方便的准则(some convenient formula),将他们聚集为众(mass them),并阐释他们。……不是大众,而是这些准则本身则有待我们的检验。同时,我们自己也将随时被其

---

[1] Raymond Williams, *Keywords: A Vocabulary of Culture and Society*, Oxford: Oxford University Press, 1983, p.195.
[2] Ibid., p.196.

他人聚集成众。如果我们记住上述这一点，那么，这将有助于我们进行这种检验。①

换句话说，对少数人而言，其他人是大众，而对其他人而言，少数人也是大众。虽然权力话语的构建需要我们采用某些准则来"区分"大众，但极有可能我们自己"一不小心"就成了大众。正因为如此，威廉斯在文中再次回到了"大众"（masses）与"公众"（the public）两个概念，并指出："'公众'包括我们在内，但并非就是我们，'大众'概念稍微复杂一点，但情况却相似。"② 从这一点来看，威廉斯的"大众"与利维斯的"民众"虽用词不同，却异曲同工，只不过威廉斯更彻底地消弭了"少数人"与"大众"之间的隔阂。因此，在威廉斯的论证之下，精英趣味与大众趣味的对立也自然成了无本之木，无源之水。

应该说，威廉斯所倡导的"趣味"观和他的文化观一样，旨在淡化根深蒂固的阶级观念以及上述观念在人与人之间形成的壁垒。正如他所说，"一个文化的范围，似乎常常是与一个语言的范围相对应，而不是与一个阶级的范围相对称。"③ 同样，他所提倡的"趣味"观也与精英或大众等称呼背后的阶级指涉无关，而是作为一种特殊的生活方式融入所有人的共同生活之中，成为日常生活的一部分。值得一提的是，一旦"趣味"与"日常生活"建立起了联系，那么，它就成为"美学现代性"（Modernism 或称为"现代主义"）的一部分。

---

① Raymond Williams, *Culture and Society*, 1780—1950, London: Chatto & Windus Ltd., 1958, p.300.
② Ibid., p.299.
③ Ibid., p.320.

在我们展开上述观点之前，有必要说明"现代性"与"美学现代性"之间的关系。童明在《现代性赋格》一书中对"现代性"的描述如下：

> 现代性是启蒙思想家在变革激情之下对未来提出的理想蓝图，是怀抱着梦想而绘制的一套哲理设计。欧洲人根据柏拉图以来的理想传统和他们当时对历史、世界和科学的看法与愿望，对这套设计几经拼补而形成体系，成为"体系化的现代性"（systematized modernity），或称作"现代体系"。①

与"现代性"相对应的是"美学现代性"，即以文学、艺术等手法"针对现代化、现代哲学体系，时时提出问题"，做"不事体系的思辨"②。更重要的是，"美学现代性"所推崇的"不事体系的思辨"也是后现代的重要特征之一。客观地说，"不事体系的思辨"并非"拒绝秩序，而是希望在历史、变化、新语言认识的更大格局中，寻求启蒙所必需的心智之光"。因此，"对启蒙的再思辨是为了再一次启蒙，换一个说法，后现代也是现代"③。更确切地说，后现代也是"美学现代性"。

无独有偶，英国社会学家迈克·费瑟斯通（Mike Featherstone）的说法与童明如出一辙。在《消费文化与后现代主义》一书中，他指出：

---

① 童明：《现代性赋格：19世纪欧洲文学名著启示录》，广西师范大学出版社2008年版，第5页。
② 同上书，第3页。
③ 同上。

假如我们考察后现代主义的种种定义，那么就不难发现，这些定义的一个侧重点，是在于艺术与日常生活、高雅艺术与大众文化之间的边界不复存在。此种后现代经验，毋宁说就是波德莱尔笔下的"现代性"。因为波德莱尔使用"现代性"（modernité）这个术语，表达的正是19世纪巴黎这类现代都市里的人们，同传统社交形式决裂之后，那种惊诧、迷惘和栩栩如生的感觉印象。①

事实上，波德莱尔笔下的"现代性"正是童明所说的"美学现代性"。我们且看波德莱尔在《现代生活的画家》里是如何描述那个寻找"现代性"的画家的：

> 这个富有活跃的想象力的孤独者，有一个比纯粹的漫游者的目的更高些的目的，有一个与一时的短暂的愉快不同的更普遍的目的。他寻找我们可以称为现代性的那种东西，因为再没有更好的词来表达我们现在谈的这种观念了。对他来说，问题在于从流行的东西中提取出它可能包含着的在历史中富有诗意的东西，从过渡中抽出永恒。……现代性就是过渡、短暂、偶然，就是艺术的一半，另一半是永恒和不变……这种过渡的、短暂的、其变化如此频繁的成分，你们没有权利蔑视和忽略。②

---

① 陆扬：《费瑟斯通论日常生活审美化》，《文艺研究》2009年第11期。
② ［法］波德莱尔：《1846年的沙龙》，郭宏安译，广西师范大学出版社2002年版，第424页。

可见，这个富有活跃想象力的孤独者所寻找的"现代性"来自于日常生活的琐碎与偶然。它转瞬即逝，却又包含永恒；它不事体系，却又与体系对话。可以说，波德莱尔式的"美学现代性"和威廉斯的"文化"理论一样，将日常生活推到了前台，并将日常生活构建成为与"现代性"的理性体系相异的领域。由此推论，"日常趣味"既是美学现代性的构成要素，也是后现代的重要表达方式。它质疑现代性，却又与现代性两相呼应，是"现代性赋格"中不可或缺的音符。

概括地说，纵观"趣味"理论在英国文学中的变迁，我们发现，在社会、历史语境的作用之下，"趣味"逐渐发展成为一个复杂的概念。它关系到中产阶层个体的社会提升，却又与该阶层实现整体发展的愿景密切相关；它是消费文明的产物之一，却又有机地融入英国文化批评的传统之中，并成为对抗转型期焦虑的重要维度；它有区分阶级的符码作用，却又在日常生活的洗礼中逐渐消弭了精英与大众的隔阂；它是现代性的衍生物，却又构成美学现代性，并以后现代的方式"推敲"现代性的理性体系。一言以蔽之，它脱胎于伦理概念，却又转化成为美学研究以及文化研究中的重要话题，并与一些重要的文化概念——如"心智培育"、"转型焦虑"、"生活方式"、"道德伦理概念"——都有着难以忽视的关联。应该说，"趣味"理论的变迁在英国文学中得到了敏感的反应，并以其独特的方式进入到了英国民族文化的记忆深处。它不仅是阿多诺所说的历史经验最精确的测震器，也是情感结构最精确的探测仪。

本书共分七个章节，分为上下两篇，即"公共空间"与"私人空间"。"私人空间"篇涵盖了阅读、音乐和情感等较为私人的话题，而"公共空间"篇则涉及了风景、旅行和环境保护等公共话题。实际上以"空间"划分章节的设想，颇让笔者踌躇。最终落笔，理由有二。其一，笔者认为，我们不应将"趣味"问题简化为个人品位问题。绘画、音乐和阅读趣味虽看似属于私人选择，却摆脱不了其背后共同的阶级意识。因此，任何一次私密的"趣味"选择都具有"公共性"。这是本书的主要观点。与此同时，我们又不得不承认，有一些关于"趣味"的讨论涉及了具有较大社会影响力的社会公共文化运动。例如，"公共空间"篇第一章、第二章提及的"大旅行"、"如画旅行"，第三章谈到的"湖区保卫运动"、"圣乔治社"运动以及和罗斯金所做的一系列关于环境的演讲等。就这些内容而言，"趣味"一词所激发的公共性已远远超过其私密性；其二，以"空间"来区分涉及"趣味"话题的讨论，能更为直观地凸显其突破阶级局限性，走向大众与日常生活的发展趋势。在我国，有关"趣味"话题的讨论早已成为大众生活的有机组成部分，并且与公共文化建设息息相关。因此，就把握当下我国社会的情感结构，推进公共文化建设而言，我们有必要了解19世纪英国文学中涉及"趣味"的讨论及其发展轨迹，并以此为借鉴。正是出于上述两个顾虑，读者才得以见到当下的谋篇布局。然而，在整个写作过程中，笔者始终担心自己标举不全，言未尽意。因此，本书只起到抛砖引玉的作用，关于"趣味"问题的讨论仍将继续。

上 篇

私人空间

第一章

《月亮宝石》中的科学趣味

谈起威尔基·柯林斯（Wilkie Collins, 1824—1889），人们首先想到的是《白衣女人》（*The Woman in White*）一书。学界普遍认为，该书的出版掀起了维多利亚时代的"煽情小说"热潮（Sensational Mania），柯林斯也因此获得了"煽情小说之父"的称号。然而，由于该类型小说常常涉及凶杀、勒索、非婚生子、偷听、诈骗、重婚等夺人眼球的犯罪行为，人们不免认为其难登大雅之堂。亨利·朗格维尔·曼塞儿（Henry Longueville Mansel）就曾将矛头直指柯林斯，认为其小说太过注重感官描写，恰恰满足了"那些病态的欲望"，因此，"与任何当季的时尚产品一样，我们无需幻想他的小说会成为不朽的经典之作"[1]。

---

[1] Henry Longueville Mansel, "Sensational Novels", in *Quarterly Review* 113 (April 1863), in *Dictionary of Literary Biography: Victorian Novelists After* 1885, Ed. Ira B. Nadel and William E. Fredeman, Vol. 18, Detroit: Gale Research, 1983, p. 357.

细细考量之下，曼塞儿的说法有失偏颇。无论是早期的《白衣女人》或《月亮宝石》，还是后期的《法律与淑女》和《心脏与科学》(Heart and Science)，柯林斯的小说在唤起读者的感官愉悦之余，不乏大量涉及生理学、司法科学的科学话语。应该说，其小说洋溢着浓厚的科学趣味。因此，亨利·詹姆斯（Henry James）就曾对"煽情小说"这个标签嗤之以鼻，认为柯林斯的小说更像一部"科学作品"[1]。同样，在菲利普·戴维斯（Philip Davis）眼中，柯林斯并不只注重感官描写，相反，他更像一个理性主义者[2]。以上种种评述似乎都与曼塞儿的观点南辕北辙。如果我们再以伊万斯（Arthur B. Evans）的分类来看，柯林斯的科学话语属于"叙述学类型科学话语"（Narratological scientific discourse），它们从属于文学话语，并与后者共同推进小说的叙述进程[3]。然而，对普通读者而言，《月亮宝石》中的某些科学话语虽有利于情节的展开，读来却颇费周章，更谈不上有多少煽情之处。如此看来，柯林斯岂不是赔了夫人又折兵？既然是诉诸读者感官刺激的"煽情小说"，柯林斯的小说又为何充斥着"连篇累牍"的科学话语呢？

可惜的是，上述矛盾并没有引起柯林斯研究者的注意，也未曾有学者指出上述矛盾与柯林斯作为中产阶级作家之间的关系。究其原因，柯林斯研究的"边缘化"难辞其咎。从2000年至今，国内关于柯林斯的论文屈指可数，且大多基于对"煽情

---

[1] Philip Davis, *The Victorians*, Beijing: Foreign Language Teaching and Research Press, 2007, p. 328.
[2] Ibid., p. 329.
[3] Arthur B. Evans, "Function of Science in French Fiction", *Studies in the Literary Imagination*, Vol. 22, Iss. 1, Spring 1989, p. 81.

小说"的讨论，真可谓"成也煽情，败也煽情"。有鉴于此，我们试图以《月亮宝石》一书为例，探索导致上述现象的社会语境和阶级成因。

第一节 不可靠的"感官事实"

实际上，柯林斯擅长"感官描写"并不让人惊讶。他的父亲威廉·柯林斯（Willim Collins）是维多利亚时期著名的风景画家。从幼年起，约翰·罗斯金（John Ruskin），威廉·鲍威尔（William Powell Frith）和前拉斐尔流派的成员就是家里的座上宾。从小受各类画家和艺术评论家的耳濡目染，柯林斯对感官艺术有着超乎常人的感受力。《旁观者》（Spectator）报在描述柯林斯时说他"在描写方面有着一双画家的眼睛"，而《宾利杂集》（Bently's Miscellany）报则将柯林斯称为小说界的"萨尔瓦多·福塞利先生"（Mr. Salvator Fuseli）①。

因此，如果说《月亮宝石》的成功在于种种摄人心魄的感官描写，上述论调并不让人意外。让人意外的是柯林斯如何借助科学和法律的知识来颠覆自己所擅长的感官描写。换句话说，小说看似讨论"月亮宝石"的失而复得，却意在暗示"感官事实"的

---

① "萨尔瓦多·福塞利"这个名字结合了意大利画家萨尔瓦多·罗莎（Salvator Rosa，1615—1673）和英国画家亨利·福塞利（Henry Fuseli，1741—1825）这两位大师的名字。两者都擅长通过描绘风景来营造一种怪诞的，不真实的和令人毛骨悚然的气氛。参见 Tim Dolin, "Collin's Career and the Visual Arts", *The Cambridge Companion to Wilkie Collins*, Ed. Jenney Bourne Taylor, Cambridge: Cambridge University Press, 2006, p.8。

不可靠。例如，在小说中，最具有视觉冲击力的场景莫过于"月亮宝石"的初次登场：

  上帝保佑！这可是宝石！有一颗千鸟蛋那么大！散发出来的光芒犹如中秋的月光。你往宝石里面看，只见到一片黄色，紧紧吸引住你的目光，别的什么也看不见。这颗可以被你用几个手指拈起来的宝石，看上去像天空一般深不可测。我们把它放在阳光底下，然后遮住房间里的光线，在黑暗中，它从自己明亮的深处，放射出一种月光般的光芒。①

  这样一颗摄人心魄的宝石在光照全场的同时自然也抓住了读者的眼球。然而紧接着，柯林斯便透过小说角色之一说道："是碳！我的老朋友，只不过是碳罢了。"②随后，坎迪医生更是"一本正经地对雷切尔说，为了科学，请求把宝石让他带回去烧掉"，因为与其让她提心吊胆，还不如加热到一定温度后，让它暴露在空气中，逐渐蒸发掉③。可以想象，上述调侃之后，宝石出场时所营造的视觉效果早已消失无几。而在接下来的情节中，宝石确实像碳一样被分割成数块。因此，关于宝石所造成的视觉震撼力，这是第一次也是最后一次描写。对于柯林斯这样善于"夺人眼球"的煽情小说家而言，这样的安排不免令人困惑。他究竟是要激发读者的视觉感受呢，还是强调感官体验背后的科学事实？然而，更让人困惑的还在后面。

---

  ① [英]威尔基·柯林斯：《月亮宝石》，王青松译，中央编译出版社 2010 年版，第 43 页。
  ② 同上。
  ③ 同上书，第 45—46 页。

最让读者难以理解的一幕出现在女主人公雷切尔与富兰克林的花园重逢中。在宝石被窃后,雷切尔与富兰克林的爱情宣告"破产",但后者对宝石的失踪百思不得其解。因此,他下定决心侦破窃案,以此来化解与雷切尔的爱情危机。精心安排之下,富兰克林与雷切尔在花园"不期而遇"。然而,正当读者被爱情的痛苦"煽动"得愁肠百转之时,雷切尔却宣布:她在生日当晚看见富兰克林偷走了宝石。随后,在雷切尔的回忆中,读者追随着她的目光,亲眼"见证"了整个偷盗过程。我们且看这一段雷切尔与富兰克林的对话:

"你怎么知道我把宝石拿出来了?"

"我看到你把手伸进了抽屉,而且当你把手拿出来的时候,我还看到你另外几个手指和拇指间发出宝石的微光。"

"我得手之后还有没有再接近过抽屉?比如说,把抽屉关上?"

"没有,你右手拿着宝石,左手从橱柜顶上把蜡烛拿下来。"

……

"然后呢?"

"然后,你的灯光消失了,你的脚步声也渐渐远去,只留下我一个人在黑暗中。"[1]

宝石的"微光"、烛光、渐行渐远的脚步声、独自留在黑暗

---

[1] [英]威尔基·柯林斯:《月亮宝石》,王青松译,中央编译出版社2010年版,第249页。

中的女主角，以上种种元素都或多或少地刺激着读者的感官想象力。然而，此情此景也不由人不困惑：如果雷切尔所说属实，那富兰克林岂不是贼喊捉贼，而小说本身也失去了发展的意义；但如果雷切尔所说有假，那又如何解释"眼见为实"这一常理呢？上述情节与"宝石"的初次登场一样引发了以下问题：究竟感官事实值得信赖吗？如果感官事实确实不可靠，那可靠的是什么呢？

第二节　科学话语

对于以上疑问，柯林斯并没有明示。然而，细心的读者会发现，《月亮宝石》中有一个奇怪的细节：管家贝特里奇把《鲁滨孙漂流记》一书视为万能宝典，以此指导一切行为。这个细节看似与故事情节毫无关系，却隐约透露了柯林斯的态度。我们先来看看贝特里奇是如何形容《鲁滨孙漂流记》一书的：

> 那本书我已经看了好多年——常常一边抽烟斗一边看——把它当作我的患难朋友。我情绪不佳时，看《鲁滨孙漂流记》；需要听取忠告时，翻《鲁滨孙漂流记》。过去，老婆烦我时；如今，喝多了酒时都看《鲁滨孙漂流记》。[①]

[①] [英] 威尔基·柯林斯：《月亮宝石》，王青松译，中央编译出版社2010年版，第6页。

显然，在贝特里奇眼里，该书不失为一贴"经典的药方"[①]。然而，这本书的魔力究竟从何而来呢？

我们知道，《鲁滨孙漂流记》全书采用第一人称的视角，因此，它完全可以被视作对主人公个体经验的记载。只是，主人公的个体经验来自何处？仅仅来自主人公简单、直接的感官体验，还是来自他在"荒岛试验室"的反复试验？通过细读鲁滨孙对"制作陶罐"的记述，黄梅教授回答了上述疑惑。在她看来，对婚姻、生子等人生大事，鲁滨孙只用了寥寥两行，相反，对制陶的一举一措，他却写了整整两页。一略一详，在形成强烈反差之余，不难让人得出以下结论，"在鲁滨孙看来，惟有实用的利弊考量和操作过程才是最重要的，最应被关注的"[②]。换句话说，主人公真正的生存经验基于其在"荒岛试验室"的反复试验和客观判断。因此，贝特里奇将《鲁滨孙漂流记》视若珍宝的行为看似迷信搞笑，却暗示了柯林斯对科学试验和客观事实的重视。

实际上，与鲁滨孙将荒岛变为试验室一样，柯林斯也将雷切尔小姐的乡村庄园变成了破案的试验室。为了使自己沉冤得雪，富兰克林在花园会晤后，拜访了当晚出席宴会的关键人物坎迪医生，并认识了其助手埃兹拉·詹宁斯。正是詹宁斯使富兰克林意识到在鸦片的作用下，"监守自盗"并非不可能，也正是在詹宁斯的提议下，富兰克林决意将自己变成试验对象，重现生日当晚的情景。为了说明试验的可行性，詹宁斯反复强调"公认的原理"和"广泛认可的权威"是其设想的"科学依据"，并且从生

[①] [英]威尔基·柯林斯：《月亮宝石》，王青松译，中央编译出版社2010年版，第332页。

[②] 黄梅：《推敲"自我"：小说在18世纪的英国》，生活·读书·新知三联书店2003年版，第49页。

理学上来讲，这个试验是行得通的。为此，他还引用了两位生理学权威的理论与案例：卡彭特博士（William Benjamin Carpenter）关于"被感知意识无意识重现"的论述和"英国最伟大的生理学家"埃利奥森博士（John Elliotson）在《人体生理学》（Human Physiology）中引用的案例。值得一提的是，上述两位都是中产阶级读者所熟悉的生理学家。前者较为主流，而后者由于推崇催眠术（mesmerism）被贴上"伪科学"的标签，但后者与维多利亚文学圈相交甚厚，正是他将催眠术介绍给了狄更斯与柯林斯①。

从以上分析来看，柯林斯对生理学并不陌生。正如劳拉·加里森（Laurie Garrison）所言："阅读煽情小说往往会激发身体的各种感官刺激。任何作家或者评论家，如果对上述体验颇感兴趣的话，生理学的发展显然为他们提供了大量素材。因为该学科正是一门研究如何激发身体或者心理反应的科学。"②《喷趣》（Punch）报甚至暗示了一种自认为合理的推测："那些煽情小说家恐怕都受过科学的训练。我们甚至不得不怀疑，他们故意煽情化了他们的科学发现。"③ 我们暂且不论究竟是"煽情化科学"还是"科学化煽情"，紧随而来的问题是：有多少普通读者能看得懂这些科学描述？如果读者看不懂，那么，何来"煽情"二字？"情"又"煽"自何处呢？

如果说上述生理学知识已经让普通读者望而却步，那么，仿

---

① Steven Connor, "All I Believed is True: Dickens under the Influence", 19: Interdisciplinary Studies in the Long Nineteenth Century, Vol. 10, 2010（http://www.19.bbk.ac.uk/index.php/19/article/view/530）.

② Laurie Garrison, Science, Sexuality and Sensation Novels: Pleasures of the Senses, New York: Palgrave Macmillan, 2011, p. 4.

③ Ibid., p. xii.

效法庭证人出庭的叙述过程同样让读者颇费心机。《月亮宝石》的第二部分由七个"叙事"构成，分别采用克拉克小姐、布里夫律师、富兰克林、贝特里奇、詹宁斯、卡夫探长和坎迪先生的视角来全面地展现破案过程。这几个人的叙事构成了一条完整的"证据链"。所谓"证据链"，即指一系列客观事实与物件所形成的证明链条。19世纪初，"证据链"是律师证明犯罪过程的主要依据之一。然而，自1836年的《囚犯顾问法》(*Prisoner's Counsel Act*)之后，目击证人的直接证据（eyewitness testimony）逐渐占据上风。但是，19世纪心理学的发展却对上述直接证据构成了质疑。正如托马斯所说，19世纪的心理学理论将"个人的性格定义成为各种感官感受和印象的累计"，因此，从司法证据的角度来讲，"人类的所有洞察和见解都具有主观性，并值得怀疑"[①]。从这个角度讲，雷切尔小姐对"宝石谜案"的错误判断情有可原。也正因为此，"证据链"与"直接证据"的结合成为呈现客观事实的最佳方案。显然，柯林斯对维多利亚时期司法科学（forensic science）的发展颇为了解。他将布里夫律师、詹宁斯和雷切尔三个角色设置为目击证人，并让富兰克林在目击证人的注视下再现"宝石失窃"的场景。除此之外，他以上述"情景重现"为中心证据，以"证据链"为外围证据，成功编织了一张关于事实的话语网络。这样的情节设置在强调客观事实的同时，于无形中呼应了司法科学在19世纪的发展。然而，与前面涉及生理学的描述一样，如此设计虽显匠心，读来却颇费周折。

---

① Roald R. Thomas, "The Moonstone, Detective Fiction and Forensic Science", *The Cambridge Companion to Wilkie Collins*, Ed. Jenney Bourne Taylor, Cambridge: Cambridge University Press, 2006, p.75.

唯一无需质疑的是，法律与科学的描述造就了小说的客观性。在休斯看来，柯林斯对客观事实的关注属于"现实主义"范畴。他指出，真正成熟的煽情小说是浪漫故事和现实主义的暴力结合①。显然，以休斯的定义来看，柯林斯的成功之处恰恰在于其对客观事实的关注。但是，休斯仍然没有化解"可靠性"与"可读性"之间的矛盾。当专业术语对"可读性"造成威胁时，柯林斯这样的煽情小说家是否已经与"煽情"渐行渐远呢？如果没有，那么唯一的解释是，小说的受众正好是那些能够读懂"科学作品"，领略作品的"科学趣味"的人，也就是我们接下来所要讨论的中产阶级读者。

第三节　科学趣味与中产阶级写作

在伟恩（Deborah Wynne）看来，煽情小说之所以在19世纪成为中产阶级所认可的读物，其主要原因在于中产阶级杂志的兴起以及煽情小说的分期连载形式。柯林斯就是很好的例子。他的成名作《白衣女人》和《月亮宝石》都由狄更斯创办的家庭杂志《四季》（*All The Year Round*）分期连载。其中，《白衣女人》一书造就了"中产阶级煽情小说热的第一波热潮"②。更为重要的是，在这些小说中，"读者被当作受过教育的家庭成员来对待，

---

① Winifred Hughes, *The Maniac in the Cellar: Sensation Novels of the 1860s*, Princeton, NJ: Princeton University Press, 1980, p. 16.

② Deborah Wynne, *The Sensational Novel and the Victorian Family Magazine*, New York: Palgrave Macmillan, 2001, p. 2.

而不是廉价刺激小说的追随者"①。换句话说,煽情小说与廉价刺激小说的读者群体大相径庭,且分属不同的社会阶层。因此,柯林斯小说中的"科学话语"恰恰迎合了中产阶级读者的"科学趣味",在无形中起到了巩固和促进阶层区分的作用。

事实上,从18世纪中后期到19世纪,英国中产阶级体现出强烈的"科学趣味",他们似乎与现代意义上的"科学"二字有着某种天然的联系。究其成因,作为中产阶级主流价值观的功利实用主义(utilitarian principle)与商业福音主义(commercial evangelicalism)难脱干系。由于上述价值观的存在,"人们普遍认为想象性文学不仅不会促进人类事务,反而会分散对自身事务的关注"②,因此,"即使是那些认为自己能够纵情享受感官之美的人也会以某种方法来束缚、限制自己"③。而科学话语则不然。一方面,它会有效推进中产阶级成员学习与商业和所从事专业相关的实用知识;另一方面,部分中产阶级成员希望借"科学趣味"实现文化提升,以此合法化本阶级的文化正统性。从英国历史来看,绅士——学者综合体的理想始终伴随着英国贵族形象的发展,代表着以贵族文化为主流的"文雅传统"。因此,通过科学趣味的培养,中产阶级希望在向上述"文雅传统"靠拢的同时,也以"一种特殊的方式出现在世界中",并"展现出更大的重要性和更高的社会地位"④。此

---

① Laurie Garrison, *Science, Sexuality and Sensation Novels: Pleasures of the Senses*, New York: Palgrave Macmillan, 2011, p. 6.
② Richard D. Altick, *Victorian People and Ideas: A Companion for the Modern Reader of Victorian Literature*, New York: W. W. Norton & Company, 1973, p. 270.
③ Ibid. , p. 272.
④ Steven Shapin and Arnold Thackary, "Philosophy as a Research Tool in History of Science: The British Scientific Community, 1700—1900", *History of Science*, Vol. 12, 1974, p. 10.

话非虚。根据尼古拉斯·汉斯的研究,到18世纪末,贵族阶级出生的科学家从1665年之前出生的52%降到了18%左右,而中产阶级则从最初的36%上升到了57%,开始占据主导地位[1]。显然,"科学趣味"已然成为中产阶级成员合法化自身存在的必要环节,而中产阶级读者在阅读中崇尚科学的心态也自然而生。因此,从一定程度上来说,科林斯小说中的科学话语是"讨好"之举,能有效迎合中产阶级读者的价值取向和阅读趣味。正因为此,"月亮宝石"一出场就变成了坎迪医生口中的"碳",詹宁斯更是直言不讳地指出:科学才是让他敢于进行这场"监守自盗"的实验的依据[2]。

但问题绝非仅仅"趣味"二字那么简单。事实上,"科学话语"的介入还起到了区分阅读阶层的作用。随着工业革命渐入佳境,整个社会的阶级归属呈现出让人不安的流动性与不确定性。对此,一种群体性的焦虑感笼罩着英国中产阶级:一方面,他们为巩固自身的地位不懈努力;另一方面,他们对以劳工阶层为主的下层阶级心生堤防。尤其在宪章运动之后,面对劳工阶层的"入侵",中产阶级群体更是心生忧患。上述忧患投射到文学生产中,则表现为中产阶级作家对下层阶级读者的抵触与抗拒。例如,柯林斯就在《无名大众》(*The Unknown Public*,1858)一文中将以下层阶层读者称为"神秘的","难以估量"的"廉价小说杂志"(the penny-novel-journals)读者。在对火车站的售报亭进行了一番实地考察后,柯林斯对"无名大众"给出以下定义:

---

[1] Nicholas Hans, *New Trends in Education in the 18th Century*, Abingdon: Taylor & Francis US, 1951, pp. 32–33.
[2] [英]威尔基·柯林斯:《月亮宝石》,王青松译,中央编译出版社2010年版,第278页。

从字面上讲，这些"无名大众"到目前为止都"不知道"如何阅读。虽然这并非他们的过错，但显然他们中的大多数仍对其他读者耳熟能详的内容一无所知，后者由于种种客观状况，无论在地位上还是智力上都要比他们略胜一筹。①

显然，在柯林斯看来，这些"无名大众"的阅读趣味亟须改造。虽然在文章最后，他号召作家要把握时代的动脉，意识到这一群体的存在，因为正是这些"无名大众"将在未来给予作家"最广泛的名誉"和"最丰厚的回报"②。然而，我们不难发现，在柯林斯看似客观的描述中却涌动着对这一群体的莫名恐惧。此处略举几个形容词就足以说明问题。在柯林斯笔下，这个读者群体是惊人般庞大的（enormous, prodigious），让人窒息的（overwhelming），难以约束的（outlawed），甚至是魔鬼般的（monster）。尤其是 outlawed 这一单词，它本身隐含着叛逆，逍遥法律之外的意思，因此需要某种手段来抑制或禁止。然而对此，柯林斯显然信心不足。五年后，在该文章的补充注释里，柯林斯写道："五年过去了，我没有在这些'无名大众'身上看到任何进步。耐心！耐心！"③ 有意思的是，他一边呼吁着要有耐心，一边却"无为而治"。我们知道，《月亮宝石》发表于1868年，比

---

① 柯林斯的《无名大众》一文最初于1858年8月21日发表在狄更斯主编的《家常话》（*Household Words*）上，后来经作家本人重新修改和润色，再次收录在柯林斯唯一的非小说集《杂集》（*My Miscellanies*）中，并于1863年出版。此处及后文引用的《无名大众》一文的内容皆来自该文章的电子版本，出处为：http://www.web40571.clarahost.co.uk/wilkie/etext/sites.htm。该网站囊括了所有柯林斯作品的电子版本。
② http://www.web40571.clarahost.co.uk/wilkie/etext/sites.htm。
③ Ibid.

《无名大众》一文整整迟了十年。按说柯林斯早已将"无名大众"纳入其"期待读者"之列,然而,以小说中大量的科学话语来看,这显然又是一本适合中产阶级读者的小说。对此,我们不免揣测,下层阶级读者或许从未真正地进入柯林斯的视野。

上述判断并非空穴来风。事实上,柯林斯对"黄皮背书"这类廉价杂志的质疑由来已久。他希望自己被当作一个"严肃作者"来对待①,他更希望自己的小说在书房而不是在厨房被阅读②。出于上述考虑,他在出版合同中明文注明延缓《白衣女人》一书在任何由铁路售报亭出售的杂志上发行③。虽然从1873年开始,柯林斯试图通过报纸来扩大其对工人阶级读者的影响力。但这种尝试却是一种言不由衷、倍感焦虑的尝试。据说可怜的柯林斯一直无法接受自己从"绅士作者"④到"商业作者"的转型⑤。为了避免影响其作为"绅士作者"的体面,柯林斯甚至雇用了瓦特(A. P. Watt)为其经纪人(最早的文学经纪人之一),全权代理和各个报社的合作。事实上,这种对"绅士作者"的执着恰恰来源于对自身阶层的维护和对下层阶级的质疑。或许,让他质疑

---

① Lyn Pykett, *Wilkie Collins: Authors in Context*, Oxford: Oxford University Press, 2009, p. 101.

② Ibid., p. 88.

③ Graham Law, "The Professional Writer and the Literary Marketplace", *The Cambridge Companion to Wilkie Collins*, Ed. Jenney Bourne Taylor, Cambridge: Cambridge University Press, 2006, p. 103.

④ 从18世纪到19世纪,跻身士绅阶层成为许多中产阶级的"新绅士愿望"。他们竭力淡化血统门第的观念,强调将"道德修为"作为新绅士标准的必要性。因此,英国的绅士群体具有较强的开放性。关于上述观点的讨论,参见黄梅《推敲"自我":小说在18世纪的英国》,生活·读书·新知三联书店2003年版;王钰《中产阶级的新绅士理想与道德改良:论18、19世纪英国小说中绅士人物形象的嬗变及其成因》,载《英美文学论丛》2008年第1期。

⑤ Lyn Pykett, *Wilkie Collins: Authors in Context*, Oxford: Oxford University Press, 2009, p. 78.

的不仅仅是这一读者群体的阅读趣味,还有这一"魔鬼般"的阶级在文化意识形态方面对中产阶级价值观的"入侵"。

其实,柯林斯行文中所隐含的"阶级焦虑"并非个案。比他稍晚些时候的吉辛(George Gissing)也是一个突出的例子。与柯林斯的含蓄委婉不同,吉辛直呼下层阶级读者为"不可教育"的"暴徒"。因此,在他的大部分小说中,真诚的作者总是与那些耍笔杆子的人(scribbler)形成强烈的反差,后者欺世盗名,为了市场利润,一味取悦粗俗的"暴徒"①。"暴徒"这个称呼与"魔鬼般"的读者颇有异曲同工之处,隐约透露出对下等阶层读者的排斥心理。或许,在柯林斯和吉辛看来,任何一位"真诚"的中产阶级作家都应该为那些无论在地位上和智力上都略胜一筹的读者写作。换句话说,中产阶级作家的创作应该有着区分阅读阶层和巩固本阶级文化正统性的诉求。这样的心态难免影响柯林斯的创作,于无形中发展了"科学话语",使其成为拉开下层阶级读者距离的有效叙事策略之一。

如前所述,柯林斯笔下的科学话语绝非随意之笔。对中产阶级读者而言,这些让"无名大众"望而却步的科学描写恰恰是小说的"趣味"所在。因此,我们不妨这样来理解柯林斯笔下的科学话语:对中产阶级读者来说,它是一种唤起阶级认同感的迎合之举;但是,对"无名大众"来说,这却是一种制造阅读距离感的排斥策略。可见,我们不能简单地将柯林斯贴上"煽情小说家"的标签,而应注意到:在柯林斯"煽动"的感官之"情"以外,还有一份中产阶级群体急于求得文化正统的焦灼之情,更

---

① John Carey, *The Intellectuals and the Mass: Pride and Prejudice Among the Literary Intelligentsia*, 1880—1939, New York: ST. Martin's Press, 1992, p.107.

有一份阶级流动所造就的不安之情。就 19 世纪英国而言，这种焦灼之情和不安之情普遍存在，是"现代性"的构成要素之一，也是英国这架现代机器的驱动器之一。在柯林斯这里，上述"焦灼感"和"危机感"更是透过其笔下的科学话语，以一种特有的，看似与感官描写相悖的方式出现，让我们在阅读之余不免掩卷揣测：究竟柯林斯"煽"的是什么"情"呢？

第二章

《女王50周年大庆》中的阅读趣味

谈起乔治·吉辛（George Gissing），人们难免会将其与穷文人小说、贫民窟小说（slum fiction）和政治小说联系在一起。尤其是《民众》（Demos）一书的发表，更让吉辛背上了污蔑工人阶级的污名。《吉辛传》的作者约翰·哈泼林曾说："由于这本书，吉辛的名字经常与敌视工人阶级、反民主的情绪联系在一起。"[①] 这样的评价自然不利于吉辛研究，尤其是国内对吉辛作品的接受。纵观近年来的国内研究，涉及吉辛的讨论基本集中在三个方面：作家的身份危机，贫民生活，以及维多利亚时期文学与市场的关系。很显然，吉辛笔下的中产阶级生活几乎未进入研究者的视野。

《女王50周年大庆》（In the Year of Jubilee）创作于1894年，

[①] John Halperin, *Gissing: A Life in Book*, Oxford: Oxford University Press, 1982, p. 76.

充分展现了维多利亚晚期中产阶级内部的复杂性。比较有意思的是，小说中的中产阶级成员都颇为热爱阅读，吉辛更是几次三番提到了主人公南希对书的选择。可见，在吉辛笔下，阅读趣味（literary taste）举足轻重。对此，玛丽·哈蒙德（Marry Hammond）曾评论道："对吉辛而言，以正确的方式选择一本正确的书至关重要。它要么成就你的社会生涯，要么糟践你的社会生涯。"[1] 换句话说，阅读趣味关乎小说人物的社会成长，有着阶级区分的作用。这无形中暗合了雷蒙德·威廉斯对"趣味"一词的分析。威廉斯指出，从17世纪开始，该词变得日益重要，"'趣味'一词……意味着明察秋毫的禀赋或智力，我们借此甄别良莠，区分高低"[2]。然而，值得一提的是，在《女王50周年大庆》一书中，阅读不仅有着阶级区分的作用，还与"文化"一词息息相关。可以说，阅读趣味的背后，隐约透露的是中产阶级群体的文化自觉和反思。

第一节　阅读的时代与阅读趣味

不可否认，维多利亚末期的英国是一个阅读的时代。以下一组数据颇能说明问题：1875年到1886年间，成人小说和青少年小说的产量为每年900本。然而，截至1914年，小说数量攀爬到

---

[1] Mary Hammond, *Reading, Publishing and the Formation of Literary Taste in England*, 1880—1914, Gower House: Ashgate Publishing Limited, 2006, p. 25.

[2] Raymond Williams, *Keywords: A Vocabulary of Culture and Society*, Oxford: Oxford University Press, 1983, p. 313.

每年 1618 本。期刊、报纸也经历了类似的涨幅：报纸种类从 1875 年的 1609 种上涨到 1914 年的 2504 种，而期刊数量则从 1875 年的 643 种上升到 1903 年的 2503 种①。仿佛为了印证上述时代背景，吉辛在小说开篇就将读者引向坎伯维尔姐妹居住的寓所的休息室。顺着叙述者的眼光，我们看到：

> 房间里没什么书，偶尔有几本充门面的，也属于阿瑟·比奇。其他五、六本小说都是不值一提的廉价小说，有时阿达会兴致勃勃地读上许久。桌子上，椅子上到处散落着纸：插图周刊，社会杂志，廉价的杂集，便宜的短篇小说，以及类似的读物。一到周末，等新的一期一到，阿达·比奇就会在沙发上一连消磨上数小时，读新的连载故事，时尚、体育、剧院的消息，读者来信（她最喜欢的栏目），以及名人八卦等。比阿特丽丝从来不放过阿达读的内容，但除此以外，她还读一些阿达不感兴趣的内容。她每日都会认真研究日报上的以下内容：法律诉讼、每日警讯、遗产公告、破产公告，以及大大小小和钱有关的内容。②

以上场景不由人不想到阿诺德对中产阶级的刻画：

> 中产阶级的成员们还有其他什么喜好吗？读读报纸，吃吃喝喝……浏览几乎全部由说教或半说教内容构成的所

---

① Sutcliffe, *Oxford University Press: An Informal History*, Oxford: Oxford University Press, 1978, p. 52.
② George Gissing, *In the Year of Jubilee*, Hard Press, 2006, p. 4.

谓文学书籍——这些书籍对任何地方的知识阶层来说，都毫无可读性而言，可是你们的中产阶级据说在成十万本地消费着它们……谁能想象出比这更丑陋、更糟糕、更不可取的生活吗？[1]

有意思的是，出身中产阶级的阿诺德显然把自己划分在了中产阶级之外，在他看来，知识阶层与中产阶级是有所区别的。上述区别与社会阶层无关，与财产无关，却与一个人的"精神品味与精神力量"有关，而阅读趣味则是上述精神力量的外延。作为"雄心勃勃的中产阶级"的代表[2]，坎伯维尔姐妹的阅读趣味似乎并不怎么样。姐姐阿达嫁给了制造消毒剂的商人阿瑟，阅读只是茶余饭后消磨时间的消遣方式。妹妹比阿特丽丝投机心理严重，时刻伺机投身商海。对她而言，阅读更像是获得资讯和信息的重要手段。虽然阿瑟买了几本书，但那也只是"充门面"的。显然，在吉辛笔下，期刊、报纸类的快速阅读是中产阶级人士的最佳选择，该行为本身无异于奢侈与挥霍，是"消费文化的明显征状"[3]。

同样热衷于消费期刊、报纸的还有塞缪尔·贝纳特先生。贝纳特先生是主人公南希的追求者，也是其父亲的生意伙伴。事业上，贝纳特先生精明能干，善于开拓，但在南希面前，没受过多少教育的他却自觉矮人一等。正因为此，他不遗余力地在南希面

---

[1] Matthew Arnold, "Friendship's Garland", *The Works of Matthew Arnold*, Vol. VI, ed. George W. E. Russell, New York: Ams Press, 1962, pp. 374 - 375.
[2] George Gissing, *In the Year of Jubilee*, Hard Press, 2006, p. 4.
[3] 殷企平：《"文化辩护书"：19世纪英国文化批评》，上海外语教育出版社2013年版，第101页。

前表现自己的知识，以期得到心上人的赞许。贝纳特先生与南希的以下对话颇值得细读：

"罗德小姐，你知道吗？有着4亿人口的中华帝国只有十份报纸？最乐观的估计，只有十份。"

"你是怎么知道的？"南希问道。

"我在报纸上看到的。报纸让人领会文明与野蛮之间的差别。对于生活中的普通事件，人们总是想不明白。就这一点而言，恰恰是卡莱尔的妙处，他让我们看到生活的奇妙之处。当然，在很多事情上，我难以认同卡莱尔，但我从不错过任何向他致谢的机会。卡莱尔和格蒂！对，就是这两个作者，他们就是教育本身！"①

随后，看南希对上述评论毫无反应，贝纳特先生只能转换话题："你想过没，如果我们把伦敦所有的马车排列在一起会有多长？"当南希好奇地询问答案，并质疑他如何知道时，他再次气定神闲地回答道："我在报纸上看到的。"② 听到上述回答，南希和她的好朋友摩根小姐"不由得交换了一下眼神，会心地笑了"③。显然，贝纳特先生的所有知识皆来自期刊、报纸的二手知识。虽然他言必谈卡莱尔和罗斯金，却从未深入阅读，否则面对卡莱尔对中产阶级财富观的猛烈抨击，恐怕他再难将其奉为圭臬。贝纳特先生自然没有想到，在追求"独立阅读"（independ-

---

① George Gissing, *In the Year of Jubilee*, Hard Press, 2006, p. 18.
② Ibid.
③ Ibid.

ent reading）的南希看来，上述言论只不过是人云亦云，算不上"阅读"，更无"趣味"可言。她和摩根小姐之间的会心一笑无异于对贝纳特先生的阅读趣味的无言谴责。那么，南希本人读的又是什么呢？

细心的读者会发现，南希的出场总是与书为伴。与坎伯维尔姐妹不同的是，南希并不热衷于消费报纸、杂志，她倾向于前往流通图书馆（Circulating Library）借书，所选之书又以科学类严肃读物为主。例如，南希的首次出场就伴随着一本和"进化论"相关的书。随后，在她和莱昂纳尔·塔兰特的交往过程中，书又起到了举足轻重的作用。以下这个发生在流通图书馆的场景读来颇有深意。南希本想选本小说一读，但是，"一想到塔兰特在旁边看着"，立刻意识到自己必须选择其他书来"展示她具有阅读严肃读物的能力"。几番浏览之下，她最终选择了一本"绝不会让人觉得她轻佻的书"，那就是亥姆霍兹的《有关科学话题的讲座》[①]。随后，当她走向借阅处的时候，两个穿着夸张（loudly dressed）的女性的对话引起了她和塔兰特的注意：

"这本书漂亮（pretty）吗？"她们当中的一个问道，一副高高在上的样子。

"哦，当然了，夫人。这本书再漂亮不过了——非常漂亮。"

南希和她的同伴交换了一下眼神，笑了。当他们走出图书馆后，塔兰特问道：

[①] George Gissing, *In the Year of Jubilee*, Hard Press, 2006, p. 35.

"你找到一本漂亮的书了吗？"

南希给他看了书的题目。

"仁慈的上帝啊！你要读这本书？现在的姑娘们！什么样的男人才能配得上她们呀？——但是，我必须迎头赶上。当我们休息的时候一起来读一章吧。"①

两位女士的对话读来让人忍俊不禁。在她们看来，选书与选择衣物一样皆为时髦之举。当然，在塔兰特的"注视"之下，南希的选择也不乏"漂亮"之处，既展示了阅读趣味，彰显了"趣味"背后的"精神品味与精神力量"，又将自己与毫无趣味可言的贝纳特之流区分了开来。值得一提的是，南希的阅读选择是"注视"之下的必然之举。她自视甚高，自然无法容忍自己的"趣味"被纳入"轻佻"之列。在她看来，选择小说虽不失阅读的真诚，但未免流于俗气，是一个"错误"的阅读选择。上述场景不禁让我们想起《诺桑觉寺》（1803）中的凯瑟琳·莫兰与约翰·索普。虽然莫兰并不喜欢约翰·索普，但为了不至于冷落自己的同伴，她好不容易找到了一个有关书的话题：

"索普先生，你看过《优多福》吗？"

"《优多福》！噢，我的天，我可没看过。我从来不看小说，有空我还干点别的呢。"

凯瑟琳又羞愧又不好意思。②

---

① George Gissing, *In the Year of Jubilee*, Hard Press, 2006, p. 35.
② ［英］简·奥斯汀：《诺桑觉寺》，麻乔志译，重庆出版社2008年版，第38页。

在约翰·索普的"注视"之下，莫兰不由地觉得"羞愧和不好意思"，并试图为自己无意识之下流露的阅读趣味道歉。两相比较之下，南希略胜一筹，知道该如何有意识地规避由"阅读趣味"造成的错误判断。

显然，作为"轻佻"和"不得体"的象征，小说在18、19世纪阅读史中的处境颇为尴尬。然而，有关"小说"的谴责背后隐含着另外一个话题：究竟什么是得体的，正确的阅读趣味？当南希把手伸向亥姆霍兹的《有关科学话题的讲座》之时，她的答案不言自明。无论南希所选为何书，她的选择暗示了中产阶级成员对于阅读"正确性"的自觉意识。在威廉斯看来，"和大多数自认为骤然间已享有社会名望但匮乏社会传统的社会群体一样，中产阶级认为'正确性'实在是必须获得的一套系统化的规则"①。

换言之，随着19世纪的中产阶级群体的急速发展，他们越来越意识到在意识形态领域，尤其在文化领域合法化自身存在的迫切性。上述"文化正确性"自然包括了对阅读的正确性的规范。可以说，从莫兰的"无意识"到南希的"有意识"，这一态度转变背后隐含着19世纪中产阶级成员对"文化正确性"的渴求。此时此刻，阅读趣味承载的不仅仅是日益觉醒的中产阶级文化意识，它更是其成员合法化自身"文化正确性"的有效手段。

---

① ［英］雷蒙德·威廉斯：《漫长的革命》，倪伟译，上海人民出版社2013年版，第233页。

第二节 阅读趣味与"文化正确性"

事实上，在《女王50周年大庆》一书中，有关阅读趣味的讨论总是与"文化"息息相关。例如，对阅读趣味颇为在意的南希就自认为是一个得到高度教育的女性。对此，吉辛不无嘲讽地写道："'文化'一词正是她用来形容自己的字眼"，而她也由衷地认为自己对文化的追求始终持之以恒①。让她做出上述判断的重要原因之一就是因为她读完了一堆厚厚的书。在南希看来，这堆书"难道不是她所取得的文化的证明吗？"② 因为这堆书的存在，她已然"拥有文化，并且拥有大量的文化"③。同样自我感觉良好的还有南希的密友摩根小姐。摩根小姐为了通过伦敦大学的入学考试，几乎将自己淹没在书的海洋里。无论在路上，餐桌前，还是在枕边，她都无时无刻不忘将书上的内容"塞"到脑海里去。按说这样一个考试狂人理应谈不上任何阅读的"趣味"，但是，她却只肯与像南希这样讲究阅读趣味的人交往，因为这样的人才与之匹配，是"智力上高人一等"的人④。谈及"文化"时，她由衷地说道："在现在社会，文化就是一切啊。"言谈之间，"脸上的神情让人觉得说话者早已拥有大量上述品质"⑤。

---

① George Gissing, *In the Year of Jubilee*, Hard Press, 2006, pp. 6–7.
② Ibid., p. 29.
③ Ibid.
④ Ibid., p. 7.
⑤ Ibid., p. 8.

摩根小姐的话不禁让人想起 E. M. 福斯特笔下同样热衷于文化的巴斯特。虽只是一介小职员，巴斯特却时常到女王厅听音乐会，悉心琢磨瓦兹的画作，还颇为重视对自身阅读趣味的培养。他每日朗诵约翰·罗斯金的美文，说话犹如背诵书店的精选书单，言谈间充斥着易卜生、卡莱尔、斯蒂文森等名家的书名。对此，小说女主人公玛格丽特深深地觉得，"她无法阻止他讲下去。杰弗里斯后面紧跟着是博罗——博罗，梭罗，还有悲愁情绪。罗伯特·路易斯·斯蒂文森殿后，这一串作家说出来之后，又说了一大堆书"①。而造成上述阅读狂热的原因正是巴斯特对文化的向往："他希望一下子把文化继承过来，犹如信仰复兴者希望继承耶稣。"② 换言之，只要他足够勤奋，只要他坚持不懈在精选书单和罗斯金的美文中遨游下去，他所渴望的那种变化终会到来。

我们知道，从 19 世纪开始，"文化"的现代意义开始包括"知性的作品与活动，尤其是艺术方面"③，与此同时，该词的形容词也逐渐衍生出关于"礼节"和"品味"（taste）的意涵④。因此，但凡涉及"阅读趣味"的讨论，都难以回避"文化"二字。但是，"文化"一词在上述两本小说中的反复出现不禁让人忖度该词出现的社会语境。根据威廉斯的研究，"作为独立名词的'文化'——一个抽象化过程或这种过程中的产品——在 18 世纪末之前并不被重视，而且，在 19 世纪中叶之前并不普遍"，

---

① ［英］E. M. 福斯特：《霍华德庄园》，苏福忠译，人民文学出版社 2009 年版，第 145 页。
② 同上书，第 58 页。
③ Raymond Williams, *Keywords: A Vocabulary of Culture and Society*, Oxford: Oxford University Press, 1983, p. 90.
④ Ibid., p. 92.

甚至在19世纪，"'礼仪'（Civility）一词还常常出现在本该'文化'被使用的地方"①。值得推敲的是：既然在19世纪初叶，二词还时常交替使用，那后者又为何逐渐普及？此处，我们不妨先来看看"礼仪"一词的词义演变。根据历史学家玛格丽特·维萨（Margaret Visser）的研究，

> 在中世纪，人们使用"庭礼"（courtesy）一词来形容贵族在官廷的举止行为。随后，"庭礼"逐渐被"礼仪"一词取代，并发展成为指导普通市民举手投足（bodily propriety）的一整套新规矩，不再仅限于贵族精英使用。②

换句话说，虽然"礼仪"一词的现代意义适用于所有公民，但该词却由上层社会的行为规范发展而来。可以说，与"礼仪"相比，"文化"一词显得分外"平民化"。

从词义演变来看，"文化"一词原指对农作物或动物的照料过程。自16世纪初开始，这一"照料动植物成长"的过程被延伸为"人类发展的历程"③。可见，"文化"并非与生俱来，它可以通过栽培，培养或教育等手段后天获得。也就是说，一个有教养的人（the cultured）并不一定是土地精英和贵族后裔；通过对各类趣味的引导和培养，非贵族出生的人也完全有可能摇身一

---

① Raymond Williams, *Keywords: A Vocabulary of Culture and Society*, Oxford: Oxford University Press, 1983, p. 88.

② Margaret Visser, *The Rituals of Dinner: The Origins, Evolution, Eccentricities, and Meanings of Table Manners*, London: Penguin Books, 1991, p. 58.

③ Raymond Williams, *Keywords: A Vocabulary of Culture and Society*, Oxford: Oxford University Press, 1983, p. 87.

变,成为一个有文化的人。正因为如此,"文化"概念变成了一块屡试不爽的叩门砖。它在无形中敲开了原本面向贵族阶层的大门,并为中产阶级人士建构体系化的"正确性"提供了无限可能。对此,斯梅尔教授有感而发,将中产阶级对"文化"的痴迷形容为对"文化"概念的挪用①。该过程类似于中产阶级对"绅士"称号的挪用。正如黄梅教授指出的那样,急于求得正统的中产阶级人士正是利用了"绅士"称号的道德内涵,使原本只属于贵族的特权身份衍生出商榷的空间,从而帮助他们在"向社会上主导的类别观念和等级观念提出挑战的过程中,释放出僭越和变异的魔力"②。

以此类推,无论是南希、摩根小姐还是巴斯特,无论他们追求的是以亥姆霍兹为代表的科学理性文化,还是以罗斯金为代表的传统文学文化,在他们对"文化"的盲目追逐背后,急于求得正统的心态不容小觑。而对阅读趣味的重视恰恰是合法化自身文化秩序的有效手段之一。通过上述手段,"文人在主导文化与新兴阶层之间对各种理念进行转化,使之更符合新兴阶层的文化需求,同时也在传播的理念中寄托着他们对于现实文化的改良理想"③。

基于上述心态,伴随着中产阶级文化意识的兴起,各类以

---

① 通过对18世纪哈利法克斯地区居民的社会学调查,斯梅尔教授指出中产阶级在建构的过程中挪用了部分与文化相关的概念,例如"文雅"(gentility)、"尊贵"(respectability)等。参见[美]约翰·斯梅尔《中产阶级文化的起源》第七章,陈勇译,上海人民出版社2006年版。

② 黄梅:《推敲"自我":小说在18世纪的英国》,生活·读书·新知三联书店2003年版,第128页。

③ 刘莉:《文化报刊与英国中产阶级身份认同(1689—1792)——以〈旁观者〉为中心》,博士学位论文,中国社会科学院,2013年,第4页。

"行为指导""生活指导"命名的小册子风靡一时,对"阅读趣味"的培养成为各类人士实现社会抱负的重要组成部分[1]。而代表中产阶级价值观的流通图书馆更是对此直言不讳:任何通过图书馆发行的书必须对读者的道德有所裨益。因此,他们强烈反对"任何在主题或创作手法上逾越良好'趣味'的作品"[2]。可见,到19世纪80年代,"阅读趣味已成为一个众所周知的比喻(trope),在社会阶级建构中发挥重要作用"[3]。

上述引言不禁让人想起阿诺德·班纳特(Arnold Bennett)对甚嚣尘上的19世纪阅读趣味观的抨击。在《阅读趣味,以及如何形成阅读趣味》(1906)一书中,班纳特如此说道:"阅读趣味变成了一种优雅的素养。通过获得这种素养,人们成就自我,并最终成为一个正确社会的合格成员。"[4] 班纳特的话值得推敲。"成就自我"这个说法暗示了"文化资本"可以后天形成这一观点,而"正确社会"这个提法则直接将"阅读趣味"视为一种教化规训的手段。它看似"优雅",却并不"优雅":一方面,通过对"文化概念"的挪用,它强调通过"正确"的阅读合法化中产阶级的"文化秩序"和"文化正统",即形成符合中产阶级标准的"文化正确性";另一方面,它强调通过良好的阅读"趣味"将中产阶级成员导向正确的社会位置,以形成社会成员各得其所

---

[1] Mary Hammond, *Reading*, *Publishing and the Formation of Literary Taste in England*, 1880—1914, Gower House: Ashgate Publishing Limited, 2006, p.13.

[2] Peter Keating, *The Haunted Study*: *A Social History of the English Novel* 1875—1914, Grange Books, 1991, p.277.

[3] Mary Hammond, *Reading*, *Publishing and the Formation of Literary Taste in England*, 1880—1914, Gower House: Ashgate Publishing Limited, 2006, p.85.

[4] Arnold Bennett, *Literary Taste*: *How to Form It with Detailed Instructions for Collecting a Complete Library of English Literature*, Hard Press, 2006, p.5.

的"正确"的社会。正如布迪厄（P. Bourdieu）所言，在阶级关系约束下产生的趣味，以及在不同经济条件中产生的趣味，"会像社会向导一样发挥作用，使人产生一种'自己的位置感'，引导在社会空间中占有特定位置的人走向适合其特性的社会地位，走向适合某一位置占有者的实践或商品"[1]。因此，如果我们回到南希把手伸向严肃读物的那个场景时，这个动作的象征意义不容忽视。她的手伸向的那层书架正是她有意摆放自己的社会位置。确实，在吉辛笔下，"书架和外貌是我们得以了解人物的重要手段"[2]，而代表阅读趣味的书架总是很好地将我们导向人物所属的社会阶层。

可见，从19世纪开始，各类"趣味"标准迅速成为中产阶级区分其他阶级的有效话语策略，而"阅读趣味"则是上述"趣味批评"的重要组成部分。通过"阅读趣味"的区分作用，中产阶级群体日益形成属于自己的"文化正确性"和文化秩序，并在社会结构中建构属于自己的"正确的位置"。

第三节 "文化正确性"背后的"错位感"

诚然，正如斯梅尔教授所说，"当个人和集团先是通过经历，最终通过意识，造就使自己处于社会等级某一位置的结构时，阶

---

[1] P. Bourdieu, *Distinction: A social Critique of the Judgment of Taste*, London: Routledge, 1984, p. 466.

[2] Mary Hammond, *Reading, Publishing and the Formation of Literary Taste in England, 1880—1914*, Gower House: Ashgate Publishing Limited, 2006, p. 85.

级认同便产生了"①。然而,事实远非那么简单。当中产阶级成员走向自己的"位置"时,虽然他们不乏"趣味"的引导,却始终无法避免"错位感"(sense of displacement)带来的挫败与焦虑。吉辛就常将自己形容为"被错放位置"的人②,而吉辛笔下的人物更不乏"错位"的瞬间。

如前所述,讲究阅读趣味的南希小姐总喜爱把自己摆放在"文化人"的位置。然而,令读者咋舌的是,这个讲究"文化"的中产阶级淑女,时不时有背离"文化"的"错位"之举。小说开篇处就有一个发生在南希身上的"错位"瞬间。50周年庆之夜,游行进行得如火如荼,走在人群中的南希不禁陶然忘我。对此,吉辛不无揶揄地写道:"在这样一个众人呼喊的氛围中,她曾经'宣称'拥有的'文化',都一股脑儿地消失了。如果她能看到自己的脸,那种庸俗的放纵与自暴自弃必定也会吓到她自己的。"③换句话说,当南希置身于劳工大众时,她早已将"阅读趣味"抛诸脑后,其内心的情感与"那些放纵不拘的商店女售货员别无二致"④。拿吉辛的话来说,就是她全然忘记了自己的"身份"⑤。短短的"错位"瞬间见证了南希内心对自己所属社会位置的背离。随后,发生在南希身上的一系列事件更让她有一种强烈的"错位"感。在与塔兰特秘密结婚之后,南希经历了一系列命运捭阖。因此,她忍不住开始质疑"她之前称之为文化的追求"⑥:"她

---

① [美] 约翰·斯梅尔:《中产阶级文化的起源》,陈勇译,上海人民出版社2006年版,第6页。
② 薛鸿时:《论吉辛的政治小说〈民众〉》,《外国文学评论》1995年第3期。
③ George Gissing, *In the Year of Jubilee*, Hard Press, 2006, p. 21.
④ Ibid.
⑤ Ibid.
⑥ Ibid., p. 77.

的'教育',她的'文化',究竟有什么用呢?"① 此时此刻的南希已然与自己曾心向往之的社会地位格格不入了。

南希对"文化"的质疑不免再次让人想起《霍华德庄园》中的巴斯特。巴斯特始终试图离开自己所属的社会位置,却始终没有走到自己所向往的位置。具有强烈反讽意味的是,巴斯特对阅读趣味孜孜以求,却最终死在了代表"阅读趣味"的书架之下——此处文化"错位"的命运体现得淋漓尽致。福斯特更是借小说女主人公玛格丽特的口吻,道出了巴斯特悲剧命运的症结所在:"他的脑子装满书本的皮毛,文化的皮毛——很可怕;我们想把他的脑子洗一洗,让他回到现实生活中。"② 显然,在玛格丽特眼中,巴斯特所追求的"阅读趣味"只是"文化的皮毛",是对"文化"的错误理解。和南希一样,巴斯特希望借助"阅读趣味"来实现文化提升,从而引导自己走向理想的社会位置。在他们看来,"阅读趣味"是实现文化正确性的必要途径,而"文化"则代表了他们所向往的"终点"。也就是说,阅读不仅仅只是读几页书而已,它将引导他们走向正确的社会位置。在这样的理解之下,巴斯特最终陷入了"文化的雾霭",并迷失其中。

巴斯特与南希,两者的命运颇为相似,对"文化"的错误追逐更是如出一辙。值得一提的是,两本小说都创作于英国维多利亚时期到爱德华时期的过渡阶段(《女王50周年大庆》写于1894年,而《霍华德庄园》则写于1910年)。因此,我们不妨做出如

---

① George Gissing, *In the Year of Jubilee*, Hard Press, 2006, p. 83.
② [英] E. M. 福斯特:《霍华德庄园》,苏福忠译,人民文学出版社2009年版,第176页。

下揣测：在经历了维多利亚时期的急速发展之后，英国中产阶级是否开始反思自身的文化建构过程？他们是否开始反思"趣味"的引导作用？种种"趣味观"究竟能否真正地引导他们建构"文化正确性"？或者只是将他们导向对贵族阶级文化的错误认同和模仿？正如布迪厄在《区分：趣味判断的社会批判》一书中所说：

> 在文化消费领域，存在着一种主要的对立情形。那些在经济资本领域和文化资本领域都富裕的社会阶层，其消费品因稀少而显得精贵；而那些在两个领域都匮乏的社会阶层，其消费的普通商品因过于平庸而显得俗气。介于两者之间的社会阶层虽雄心勃勃，却面对现实，能力显然不足，因而其消费行为被视为过于虚伪矫饰。①

换言之，"阅读趣味"的界定虽然有利于中产阶级读者形成自己的文化正确性，但也有可能将消费主体引向虚伪矫饰的文化消费，从而引发理想与现实之间的错位。正因为如此，当南希与巴斯特力求接近理想中的"文化"时，他们最终陷入随之而来的错位感。许荣将上述"错位感"归咎于中产阶级对上层阶级的"错误认同"与"错置的信心"，并指出由"错位感"带来的焦虑与挫败恰恰是中产阶级文化的重要组成部分②。可以说，当类似于南希、巴斯特的中产阶级试图通过一系列"趣味"的标准来

---

① P. Bourdieu, *Distinction: A social Critique of the Judgment of Taste*, London: Routledge, 1984, p.176.
② 许荣：《法国，不谈阶级》，载周晓虹主编《全球中产阶级报告》，社会科学文献出版社2005年版，第76—80页。

建立自己的文化正确性之时，他们同样无法规避的是"错位感"带来的文化焦虑与沮丧。

需要指出的是，上述"错位感"背后的文化反思也是中产阶级文化建构的重要组成部分。文化研究者霍尔曾提出从"话语"角度去理解身份认同。在他看来，文化身份建构是一个始终延伸着的、从未完成的过程，即一种通过相互交叉和对立的不同话语、实践和立场而形成的建构①。我们从《女王50周年大庆》中看到的正是这样一种动态的建构过程。尤其在吉辛笔下，阅读趣味不再只是以正确的方式选择一本正确的书。透过对阅读趣味的选择，中产阶级成员对文化正统的渴求与反思，对自身"文化正确性"的希冀与焦虑，种种复杂心态，略见一斑。更重要的是，正是在这样的复杂心态之下，19世纪英国中产阶级日益在文化领域形成对自身的认知与理解。

---

① Stuart Hall, "Who Needs Identity?" eds. Stuart Hall and Paul du Gay, *Questions of Cultural Identity*, London · Thousand Oaks · New Delhi: SAGE Publications, 1996, pp. 2–4.

第三章

《理智与情感》中的"趣味之争"

"趣味"(taste)一词一直是西方美学的重要概念之一,不过有关奥斯丁(Jane Austen, 1775—1817)"趣味"观的讨论却鲜有所闻。事实上,奥斯丁所处的时代是一个极度重视"趣味"的时代,人人以谈"趣味"为时尚。在 18 世纪中期,《世界观众》杂志就曾不无揶揄地评论道:"近来我们最为喜欢的词语中,没有哪个词能像'趣味'那样流行并且长久保持其令人仰望的地位。"[1] 奥斯丁的创作印证了上述调侃。可以说,关于各类"趣味"的讨论与反思散见于奥斯丁创作的小说中。例如,《曼斯菲尔德庄园》(*Mansfield Park*)、《傲慢与偏见》(*Pride and Prejudice*)、《理智与情感》(*Sense and Sensibility*)与《诺桑觉寺》(*Northanger Abbey*)中都提到了欣赏自然的趣味,《劝导》和《苏

---

[1] Henry Stonecastle, *Universal Spectator*, Vol. 3, Michigan: Gale Ecco, 1747, pp. 46 - 47.

珊女士》中提到了聆听音乐的趣味，而关于文学趣味的讨论则频繁出现在上述小说中。

值得注意的是，奥斯丁的"趣味"观并未引起国内外学者的关注。根据黄梅的《新中国六十年奥斯丁小说研究之考察与分析》一文，国内的奥斯丁研究虽已涉及其艺术技巧、政治历史、性别研究和文化研究等方面，却忽视了奥斯丁的"趣味"观。在《互为镜像：简·奥斯丁与大卫·休谟论价值与情感》(*Mirrors to One Another: Emotion and Value in Jane Austen and David Hume*)一书中，戴德仕（E. M. Dadlez）虽然提到了奥斯丁与休谟对"趣味"的讨论，但并没有就《理智与情感》一书展开详细讨论。事实上，埃莉诺与玛丽安之间的"趣味之争"并非一个孤立的美学问题。小说中，该争论看似短暂，却折射出奥斯丁对18世纪英国情感主义思潮的（Sentimentalism）的反思。这争论还跟当时英国社会所关注的"心智培育"（self-cultivation）问题休戚相关。此外，透过上述两个话题，英国中产阶级群体对自身发展的认知与思考也跃然纸上。

第一节 玛丽安的"趣味"观

《理智与情感》一书原名《埃莉诺与玛丽安》。两姐妹各自的感情经历互为映照，在"情感"与"理智"的冲突中形成小说的双线叙事结构。初听之下，这样的说法不算空泛，因为即使在"趣味"这样的小事上，两姐妹的观点也大不相同，这集中体现在她们对埃莉诺的追求者爱德华的评价上。在小说开篇第三章，玛丽安就谈到了她对爱德华的看法：

> 恐怕在我看来，他并没有真正的趣味（taste）。他对音乐好像不大有兴趣。他虽然非常赞赏埃莉诺的画，可并非作为真懂得那些作品的内行人予以赞赏。她作画的时候，他虽然常常注意地看着，但很明显，实际上他一窍不通，那是情人的夸奖，不是鉴赏家的欣赏。[①]

可见，在玛丽安眼中，爱德华并非理想的恋爱对象，因为一个理想的爱人必须处处和她"趣味相投"，其标准则是对方必须"进入她的所有情感"，"着迷同样的书，同样的音乐"[②]。显然，在玛丽安的"趣味"判断中，"情感"是第一要义。同样，她觉得埃莉诺所说的对他人作品的欣赏根本不是她心目中的"趣味"，而只有那种"狂喜的激情"（rapturous delight）才是"趣味"。玛丽安的定义不免让人想起大卫·休谟（David Hume）所说的"敏感的激情"。

休谟在《论趣味与激情的敏感性》（*Of the Delicacy of Taste and Passion*）一文中曾指出："有些人拥有某种敏感的激情，使得他对生活中的一切事物都极为敏感，成功之时欢欣鼓舞，遭遇不幸和灾难时悲痛欲绝。"[③] 细细读来，休谟所描述的对象简直就

---

① ［英］简·奥斯丁：《理智与情感》，武崇汉译，上海译文出版社 2008 年版，第 16 页。部分译文根据英文原文略作修改，以下不再赘述。
② 同上书，第 160 页。
③ ［英］大卫·休谟：《论道德与文学》，马万利、张正萍译，浙江大学出版社 2011 年版，第 1 页。

是玛丽安。小说一开始,玛丽安就被形容为"懂事,聪敏,而且无论做什么都专心致志,无论伤心或者欢乐都毫无节制"①。初遇丧父之痛,她与母亲悲不自胜,甚者还故意一次次重提往事,由此"一味沉浸在忧伤中,一次次回顾往事,越想越难过"②。与威洛比分手后,玛丽安同样"听任感情驰骋":"她在琴旁一坐就是几个小时,唱了又哭,哭了又唱,常常泣不成声",而且"她看书时,跟弹琴唱歌一样,专找那今昔对比强烈、能引起悲伤的情节,她专读他们经常读的那些书"③。同样,当初与威洛比热恋时,玛丽安也毫不掩饰自己的投入与钟情。虽然埃莉诺几次提醒,劝她对情感稍加节制,但玛丽安却讨厌遮遮掩掩,因为"在她看来,既然感情本身无可非议,那么要想加以限制,就不仅是徒劳的,而且是理智对种种庸俗错误观念的可耻屈服"④。显然,对玛丽安而言,"激情的敏感"就是"趣味的敏感",两者本无差别。

如果我们把玛丽安的言行放到18世纪英国情感主义(Sentimentalism)的语境中来考察,就不难理解了。作为该思潮的代表人物之一,沙夫茨伯里伯爵(Anthony Ashley Cooper, 3rd Earl of Shaftesbury)认为,人的情感本身具有道德判断的作用,即对某一现象的善恶判断是建立在该现象所激发起来的情感愉悦或痛苦之上的。同样,在谈及"趣味"这个话题时,沙夫茨伯里将塑造自我趣味的过程形容为一个排污解秽的过程,即人生来就是有趣

---

① [英]简·奥斯丁:《理智与情感》,武崇汉译,上海译文出版社2008年版,第5页。
② 同上。
③ 同上书,第82页。
④ 同上书,第51页。

味的，一个有趣味的人（man of taste）要做的就是摒弃那些由社会习俗造成的鄙俚浅陋，维持天性的纯净①。可见，沙夫茨伯里所倡导的"趣味"形成过程是一个"自我净化"的过程，它反过来证明了情感本身的纯净度。沙夫茨伯里的观点在休谟的论述中也时有所见。在《趣味的标准》一文中，休谟讲道："所有情感都是对的，因为情感只关涉它本身，并且，只要人们意识到它，它就是真的。"② 正因为如此，玛丽安才会认为感情本身是无可非议的，而自我克制则是毫无趣味可言的庸俗之举。

我们知道，18世纪英国情感主义思潮的产生与商业资本的迅速发展同音共律。一方面，它是18世纪英国人对一切以经济利益为驱动的敛财社会的"有意识的回应、批评或矫正"③。另一方面，情感的细腻与善感与中产阶级的文化自觉不无关系。虽然"感伤的"（sentimental）曾是流行于上流社会的词语，然而到了18世纪，善感却几乎成为善良的代名词，与中产阶级鼓吹的"道德"一起"成为阶级权力再分配中的一种自觉的文化武器"④。《傲慢与偏见》中就有一个非常有意思的细节：当伊丽莎白拒绝达西的首次求婚时，她说了以下的话："达西先生，假如你表现得更像绅士一点儿，我拒绝了你或许会觉得过意不去。"⑤ 为何伊丽莎白会觉得达西不是一个"绅士"呢？我们且看伊丽莎白随后

---

① Anthony Ashley Cooper, *Characteristics of Men, Manners, Opinions, Times*, ed. Lawrence E. Klein, Cambridge：Cambridge University Press, 1999, p. 74.
② ［英］大卫·休谟：《论道德与文学》，马万利、张正萍译，浙江大学出版社2011年版，第95页。
③ 黄梅：《〈理智与情感〉中的"思想之战"》，《外国文学评论》2010年第1期。
④ 同上。
⑤ ［英］简·奥斯丁：《傲慢与偏见》，孙致礼译，译林出版社1990年版，第179页。

对达西的谴责:"从我认识你的那一刻起,你的言谈举止就使我充分意识到,你为人狂妄自大,自私自利,无视别人的感情,这就导致了我对你的不满……"① 伊丽莎白的说法虽然对达西有失公允,却道出了中产阶级群体对"绅士"的重新定义,即一个真正的绅士并不是由其拥有的头衔和财富来决定的。珍视情感,善待他人,或者说"善感",才是绅士的重要特质。可以预见的是,"善感"这样的说法在无形中为中产阶级谋求更高的文化地位打开了大门。

然而,情感主义的过度发展也带来了沙夫茨伯里、休谟等人未曾意料到的负面效果。显然,奥斯丁对情感主义者的利己主义倾向是颇为警惕的。前文提及的玛丽安对"趣味"的定义就颇值得推敲。玛丽安将"趣味"定义为"激情",英语原文为"rapturous delight"。"rapturous"来自名词"rupture",后者的拉丁语词根为 ruptus,表示以暴力夺取或撕裂的行为②。因此,除去"狂喜"的意思以外,"rapturous"还表示"网状编织物的撕裂、断裂或分裂的状态"。换言之,玛丽安所推崇的"趣味"来自"自我"与"他人"的断裂,"个人"与"社会"的断裂,是利己主义的必然产物。至此,我们不禁要问,奥斯丁的遣词造句背后是否隐含着她本人对情感主义思潮的反思?

上述反思也体现于情感主义思潮阵营内部对"趣味"一词的再讨论。虽然休谟在《人性论》(*A Treatise of Human Nature*, 1739)中将"激情"提升到举足轻重的地位,但两年后,在《论

---

① [英]简·奥斯丁:《傲慢与偏见》,孙致礼译,译林出版社1990年版,第179页。
② p. G. W. Glare (ed.), *Oxford Latin Dictionary*, Oxford: Oxford University Press, 1983, p. 1574.

趣味与激情的敏感性》一文中,他再三说明"激情的敏感"并不等同于"趣味",而"矫正(cure)激情的敏感,最恰当的方法是培养更高级、更雅致的趣味",因为"这种趣味的确提高了我们对所有温和的、令人愉悦的激情的感知力,同时,使我们的内心不为那些较粗野、较剧烈的情绪所动"①。也就是说,按照休谟的标准,虽然玛丽安"敏于激情",却缺乏真正的"趣味"。在发表于1745年的《论趣味的标准》一文中,休谟给出了他关于趣味的定义:

> 批评家应该把良好的判断力(sense)和细腻的情感结合在一起,并在实践中加以提高,在比较中加以完善,同时清除所有的偏见。只有做到了这些,他们才称得上品格高贵。不管他们身在何处,只要兼顾了上述几个要素,其批判就是趣味和审美的真正标准。②

从上述定义来看,"趣味"的关键词不仅包含"情感",还与"判断力"有关。从英语原文来看,此处的"判断力"即"理智"。同时,休谟还指出,判断力的培养须通过"实践"的积累和与"他人"的互动才得以完成。14年后,休谟的好友亚当·斯密(Adam Smith)再次强调了理性判断对"趣味"形成的重要性。原文如下:

---

① David Hume, *A Treatise of Human Nature*, 2nd ed, ed, L. A. Selby-Bigge, revised by p. H. Nidditch, Oxford: Clarendon, 1975, p. 3.
② [英]大卫·休谟:《论道德与文学》,马万利、张正萍译,浙江大学出版社2011年版,第107页。此处本文作者参考英文原文,对译文略有改动。

对于好的趣味和判断力，人们往往推崇备至，认为它们代表了细腻的情感和敏锐的理解力，而这些品质往往是难得一见的。因此，人们认为普通人并不具备敏于情感和善于自控的美德，而只有出类拔萃者才拥有这些品质。①

换言之，"趣味"既有赖于情感的敏锐，又离不开理智的判断。因此，一个"有趣味的人"必须敏感于他人的利益，善于调节激情，并具有自我控制的能力，而这种"有趣味的人"恰恰是姐姐埃莉诺所推崇的。

第二节 埃莉诺的"趣味"观

不可否认，埃莉诺自己就是一个"有趣味的人"。小说一开始，奥斯丁就交代了埃莉诺的性格："她心地极好，性格可爱，富于情感，但是她懂得怎么克制情感。"② "富于情感"而又善于"克制情感"，这不就是休谟和斯密所定义的"有趣味的人"吗？

我们再来看看，在面对玛丽安对爱德华的"趣味"的"控诉"时，埃莉诺是如何回应的：

不错，他自己不画，可是他非常喜欢看别人作画；而且

---

① [英]亚当·斯密：《道德情操论》，世界图书出版公司2011年版，第15页。
② [英]简·奥斯丁：《理智与情感》，武崇汉译，上海译文出版社2008年版，第5页。

我告诉你，他绝不是没有天生的趣味（natural taste），只是没有机会提高罢了。如果他学绘画，我觉得他是能画得很好的。在这种事情上，他对自己太无自信了，所以无论对哪幅画，他总是不肯表示意见；可是他生来具有朴素合宜的趣味，而有了这样一种趣味，一般来说看问题准不会有错。①

可见，在埃莉诺看来，爱德华并非没有"趣味"；相反，他的"趣味""合宜"，而且"朴素"。作为埃莉诺"趣味观"的关键词，"合宜"（propriety）一词也时常出现在情感主义的论述中。亚当·斯密在《道德情操论》中反复提到："完美的人性，就是关心他人胜过关心自己，就是约束自私，保持博爱。唯有如此，人与人之间才能达到情感上的和谐，造就合宜得体的行为。"② 此处，对他人的关心是指"旁观者将心比心地去体谅当事人，当事人也力求控制自己的情绪以照顾旁观者的感受"，"前一种美德带来温文尔雅、和蔼可亲、坦率谦虚和仁慈投入；后一种美德则带来自我舍弃、自我克制，并协调我们本性中的激情，将其纳入自尊自爱、合宜得体的行为举止之中"③。换句话说，爱德华的"趣味"源于他合宜得体的行为，即对情感的理性控制，以及对他人利益的呵护。

事实上，早有学者指出，爱德华的"趣味"在本质上是一种类似于蒲伯（Alexander Pope）的旧式审美，是一个"舍弃自我"的人才拥有的"趣味"，即讲究客观标准，独立于自我的偏见和

---

① ［英］简·奥斯丁：《理智与情感》，武崇汉译，上海译文出版社2008年版，第16页。
② ［英］亚当·斯密：《道德情操论》，世界图书出版公司2011年版，第15页。
③ 同上书，第14页。

知识的局限性①。爱德华与玛丽安关于自然风景的讨论就是一个很好的例子。当玛丽安以"如画"美学的种种原则来描述巴登山谷的美景时，爱德华说道："我是喜欢好风景的，只不过并不是根据什么美的原则。……一所舒适的农舍比一座古堡的瞭望塔更中我意，而一群整洁快活的村民比世上最漂亮的一群绿林好汉更顺眼。"②我们知道，"如画"美学在18、19世纪曾引起广泛的争论。其中，尤维达尔·普莱斯（Uvedale Price）和理查德·佩恩·奈特（Richard Payne Knight）之间关于"如画"属性的论战至今让人记忆犹新。针对前者关于"如画"的客观属性的观点，奈特在《对趣味原理的分析调查》（Analytical Inquiry into the Principles of Taste）一文中指出，"如画"只存在于观者的头脑里，而不是外部世界。也就是说，"如画"只是一种观景者的主观联想方式，体现了观景者的主观情绪③。正因为如此，在深谙"如画"趣味的玛丽安看来，尽管诺兰庄园的"秋叶"曾让人格外动情，可是此时此刻，却早已不再是她的情感依托，反而变成了"讨人厌的废物，得赶快扫掉，扫得越干净越好"④。可见，玛丽安的"如画"趣味出自纳西斯式的自我抒情，爱德华的"趣味"判断则重在"舍弃自我"，因此，他并不追求"为赋新诗强说愁"的古堡，也不幻想自己在树林中像绿林好汉般纵情驰骋，相反，他更关心村民是否快活，农舍是否舒适，巴登山谷谷底的小路是否太过泥

---

① Marliyn Butler, *Jane Austen and the War of Ideas*, Oxford: Clarendon, 1987, p.186.
② ［英］简·奥斯丁：《理智与情感》，武崇汉译，上海译文出版社2008年版，第96页。
③ 李秋实：《"如画"作为一种新的美学发现》，《东方艺术》2012年第5期。
④ ［英］简·奥斯丁：《理智与情感》，武崇汉译，上海译文出版社2008年版，第87页。

泞以至于让埃莉诺一家在冬天难以外出社交。

同样，对于自己的婚事，爱德华也体现了强烈的自我控制和"自我舍弃"精神。即使在被剥夺了长子继承权后，他考虑的依然是露西的利益，认为如果让露西跟着自己过穷日子，那实在是太不体贴了，因此希望露西能主动解除婚约。从这点来看，爱德华与埃莉诺可谓真正地"趣味"相投。后者早已知道露西与爱德华订有婚约，虽然内心备受煎熬，却始终守口如瓶。当玛丽安对她表现出来的"果断"和"自我控制"表示不理解时，埃莉诺说道："只要我珍视其他人内心的舒适感，我就不能让他们知道我有多苦。"其实埃莉诺自己也知道，她母亲和妹妹的所作所为只会徒增她的痛苦，动摇她的自制力，倒是"她自己的理智会给她巨大的力量，使她尽可能做到内心坚定"[①]。对此，奥斯丁在小说开头就已经指出：正是靠这份理性的"自我控制"，埃莉诺始终能当好母亲的顾问，"使她们全家都受益"[②]。

第三节 "口水仗"背后的文化深意

"使全家都受益"这个评价暗示了奥斯丁的"趣味"判断。一方面，奥斯丁认为一个人的"趣味"必然来源于"情感"，因为只有"富有情感"的人才会敏感于外界环境；与此同时，她又

---

① [英]简·奥斯丁：《理智与情感》，武崇汉译，上海译文出版社2008年版，第138页。
② 同上书，第5页。

反对以情感作为道德判断基础的倾向，认为上述倾向必然导致利己主义的泛滥和既定社会秩序的断裂。因此，在埃莉诺与玛丽安的"趣味"之争中，奥斯丁显然站在了埃莉诺这一边。在奥斯丁的"趣味"判断里，"理性"带来的"自我控制"与"情感"同样重要。因为只有通过对"情感"的理性调节，私人情感才能转化为"使全家受益"的公共情感，利己的激情才能避免"断裂"，成为推己及人的情感"黏合剂"。事实上，奥斯丁的立场也体现了18世纪末情感主义思潮对自身的反思以及由此带来的复杂性。该复杂性集中体现在其代表人物对个人利益和公共利益、个人发展与社会秩序等概念的讨论中，而英国中产阶级的发展是促成上述讨论的原因之一。

伊格尔顿在《审美意识形态》（The Ideology of Aesthetics）一书中指出，诞生于18世纪的经验主义美学话语（情感主义思潮是其一部分）并不仅仅是资产阶级对政治权威的挑战，而且可以被理解为该阶级内部意识形态困境的表征之一。一方面，中产阶级希望通过维护"情感"为自身的合法性添砖加瓦，因为"作为一种新的政体的审美基础，'感性'无疑属于进步的中产阶级"[①]；与此同时，他们又敏锐地感觉到"感情与感觉的世界绝不可能听任感情'主体'和'利己主义趣味'的摆布"，否则，当个别主体的利益与公众天性的利益相抵触时，社会一定会产生很大的失序和失当[②]。伊格尔顿在《美学意识形态》中批评沙夫茨伯里、休谟、伯克等人有将道德审美化的倾向。奥斯丁并非全盘

---

① ［英］特里·伊格尔顿：《审美意识形态》，王杰、傅德根、麦永雄译，中央编译出版社2013年版，第15页。
② 同上书，第181页。

接受沙夫茨伯里和休谟等人的观点。例如，她笔下的约翰·爵士和罗伯特·费勒斯这两个人物似乎不能完全用本文所说的"趣味"标准来判断，但是他俩毕竟不是小说的重点人物。"趣味"一词虽然不能涵盖奥斯丁作品里的全部道德内涵，但是两者的重合部分，以及造成上述重合的社会原因却不容小觑——这也正是本文的旨趣所在。

事实上，对于上述社会失序问题，休谟早有警觉。在《论人性》中，他提到："自私和有限的利他，如果不加节制，会使得人们完全不适合社会。"① 到了19世纪30年代，当中产阶级获得"选举权"，并成为英国社会的"中坚力量"之后，对个人自由主义的反思更是刻不容缓。在《文化与无政府状态》一书中，阿诺德更是对此直言不讳："一般说来，应将中产阶级视为在适中和过分的特点之间摇摆的群体，而且从人性的构成来说，它大体上更倾向于无度而非适中。"② 正因为如此，从18世纪以来，如何以"合宜适度"的"情感"来调整中产阶级的自由主义倾向，促进社会秩序的稳定，并增加文化凝聚力是该群体持续关注的核心话题之一。作为司各特属意的描写中产阶级社会的专家③，奥斯丁不可能对上述话题毫无回应。然而，在奥斯丁看来，究竟该如何培养"合宜适度"的情感呢？

---

① David Hume, *A Treatise of Human Nature*, 2nd ed, L. A. Selby-Bigge, revised by p. H. Nidditch, Oxford: Clarendon, 1975, p.499.

② [英]马修·阿诺德：《文化与无政府状态》，韩敏中译，生活·读书·新知三联书店2008年版，第57页。

③ 司各特在1827年9月18日的日记中曾这样写道："阅读了奥斯丁女士的一部小说，消磨了整个晚上。她的作品里描绘的真实性总是使我感到愉快。的确，它们所描绘的并没有超过中产阶级社会，但是她在这方面确实是无人能够企及的。"参见[英]瓦尔特·司各特《关于简·奥斯丁的书简》，文美惠译，载朱虹编《奥斯丁研究》，中国文联出版社1985年版，第26页。

此处，我们不妨再回到埃莉诺与玛丽安的"趣味"之争。在讨论爱德华的"趣味"观时，埃莉诺一再为自己的心上人辩护，说他并非禀赋不足，只是"没有机会提高罢了"。而当玛丽安和威洛比将布兰顿上校形容为"没有热情""毫无趣味"之时，埃莉诺却大唱反调，认为后者"通情达理"，更重要的是，他"见世面多"且"有教养"①。可见，通过实践来获得"教育"是一个"有趣味的人"必须经历的过程。正如休谟所言，好的"趣味"必须在实践中提高，在比较中完善。从这个层面而言，奥斯丁笔下的"趣味"与"心智培育"（cultivation）息息相关，甚至常常等同于"心智的培育和改善"②。有鉴于此，奥斯丁学者巴特勒（Marilyn Butler）更是将《理智与情感》一书定义为有关"先天情感"与"后天培育"的故事③。但是，巴特勒并没有指出的是：小说的题目《理智与情感》（*Sense and Sensibility*）本身也隐含着奥斯丁对"心智培育"这一话题的讨论。

根据雷蒙德·威廉斯的研究，从15世纪开始，sense一词的含义从"感官'过程'扩大延伸为一种特别的'结果'，即好的判断力（good sense）"④。因此，该词包含感官情感与理智判断两个层面。而sensibility一词含义的衍变也大同小异。在奥斯丁晚期的小说《爱玛》中，sensibility一词的含义从"各种各

---

① ［英］简·奥斯丁：《理智与情感》，武崇汉译，上海译文出版社2008年版，第49—50页。
② E. M. Dadlez, *Mirrors to One Another: Emotion and Value in Jane Austen and David Hume*, West Sussex: Wiley-Blackwell, 2009, p. 124.
③ Marilyn Butler, *Jane Austen and the War of Ideas*, Oxford: Clarendon, 1987, p. 183.
④ Raymond Williams, *Keywords: A Vocabulary of Culture and Society*, London: Fontana Paperbacks, 1983, p. 280.

样的感受"变成"无法被简化成'思想'或'情感'"的"独特心智"①。或者说，与 sense 一词一样，sensibility 也是理性与情感的结晶。更重要的是，它与"经验"相关，也与"趣味"和"心智培育"相关，而后两者在最初的词义演变里至关重要②。正是通过"心智培育"，sensibility 一词的意蕴从"情感"衍变为"感受力"或"识别力"。总而言之，在 18—19 世纪，sense 与 sensibility 二词在语义上并非截然对立。无论是"理智与情感"，抑或"情感与理智"，两者殊途同归，共同指向一种包括趣味判断在内的心智能力，而"心智培育"则是获得上述能力的必经之路。

值得一提的是，《理智与情感》一书的初稿完成于 1798 年。正是在三年前，歌德出版了其著名的成长小说（*Bildungsroman*）：《威廉·迈斯特的学习年代》（*Wihlhelm Meisters Lehrjahre*）。该书成功地将"心智培育"这一话题迅速纳入到了众多 18 世纪英国小说家的视野之中。与德国成长小说不同的是，英国成长小说更关注主体如何通过道德成长来获得自我克制意识，并融入社会。换句话说，即主体如何通过"心智培育"来建构"整体文化身份"（holistic cultural identity）③。奥斯丁的创作恰恰体现了上述区别，因为她始终认为真正需要改革的是个人的态度与行为，而不是业已稳固的绅士阶层④。基于上述原因，奥斯丁将"心智培育"提到了一个较高的位置，并对"心智培育"所能形成的内在约束

---

① Raymond Williams, *Keywords: A Vocabulary of Culture and Society*, London: Fontana Paperbacks, 1983, p. 282.
② Ibid.
③ Richard A. Barney, *Plots of Enlightenment: Education and the Novel in Eighteenth-century England*, Stanford: Stanford University Press, 1999, p. 26.
④ Marlyn Butler, *Jane Austen and the War of Ideas*, Oxford: Clarendon, 1987, p. 2.

力和文化凝聚力颇为乐观。可以说,在这一点上,奥斯丁与阿诺德颇有默契。后者将文化定义为人的"完美",并指出:"文化心目中的完美,不可能是独善其身的。个人必须携带他人共同走向完美……如若不这样做,他自身必将发育不良、疲软无力。"① 可见,"心智培育"所形成的"文化"力量不仅起着内在"约束"的作用,还是一种行之有效的"粘合剂"。同样,在《文化定义札记》(*Notes Towards The Definition of Culture*)一书中,艾略特也指出:"我们的'完美'观必须同时考量'文化'的所有三个含义……只有通过不同兴趣的重合与分享,只有让不同的个人/团体彼此欣赏,互相参与对方的活动,才能获得文化所必需的凝聚性。"②

事实上,在奥斯丁笔下,"心智培育"的社会功用也大抵如此。换言之,通过加强个体的自我教育,埃莉诺式的"合宜适度"的情感将构成一股内在的文化约束力,与最初的玛丽安式的自由主义倾向形成不可避免的张力。透过上述象征性的对峙,英国中产阶级逐步修正自身自由主义倾向,实现整体发展的心态可见一斑。有鉴于此,埃莉诺与玛丽安的"趣味"之争绝不是一场兴之所至的"口水仗",它背后的文化深意不容小觑。

---

① [英]马修·阿诺德:《文化与无政府状态》,韩敏中译,生活·读书·新知三联书店2008年版,第11页。
② T. S. Eliot, *Notes towards the Definition of Culture*, London: Faber and Faber Limited, 1948, p. 24. 艾略特在《文化定义札记》一书中指出文化具有三种含义,即个人的文化(the culture of the individual)、团体或阶级的文化(the culture of a group or class)和社会的文化(the culture of the whole society)。不管是哪一种文化活动,不管它有多完美,只要它排除其他文化活动,就不可能是真正的文化。参见 *Notes towards the Definition of Culture*, p. 21。

第四章

《丹尼尔·德隆达》中的
音乐趣味

  亨利·詹姆斯将乔治·爱略特的最后一部小说《丹尼尔·德隆达》(*Daniel Deronda*) 形容为一部"融汇了许许多多声音"的小说①。这些覆盖了社会各个方面的声音自然包括了音乐。正如爱略特研究者科拉（Corra）所说："在所有爱略特的小说中,《丹尼尔·德隆达》是最具有音乐性的一部。"② 而早在十多年前,贝丽尔·格雷（Beryl Gray）就从爱略特的生平出发,详述了爱略特本人对音乐的重视与喜爱③。值得一提的是,上述两位学者的研究虽已简单涉及《丹尼尔·德隆达》一书中"音乐"与犹太文

---

  ① 詹姆斯在针对该书写的短文《对话》中曾借主人公康斯坦梯斯之口提到："我喜欢它（该书）那深沉、浓郁的英国情调,里面好像融汇了许许多多声音。"参见[英] F. R. 利纬斯《伟大的传统》,袁伟译,生活·读书·新知三联书店 2002 年版,第 150 页。
  ② Delia da Sousa Corra, *George Eliot, Music and Victorian Culture*, New York: Palgrave Macmillan, 2003, p.130.
  ③ Beryl Gray, *George Eliot and Music*, New York: St. Martin's Press, 1989.

化之间的关系，但并未指出该话题与19世纪英国中产阶级文化之间的关联。

与国外研究不同的是，《丹尼尔·德隆达》一书似乎从未真正进入国内爱略特研究者的视野之中①，更勿论小说的"音乐性"所蕴含的文化深意。例如，在《〈丹尼尔·德隆达〉中的他者形象与身份认同》一文中，张金凤从后殖民理论出发，强调了以米拉为主的犹太"他者"形象，但并未涉及小说中反复出现的"音乐"话题。殷企平在《从自我到非我——〈丹尼尔·德隆达〉中的心智培育之路》一文中虽间接涉及了"音乐"的话题，探讨了"听"在激发同情心，完成心智培育中所起的作用，但并未探究"音乐"以外的犹太形象和中产阶级文化问题。然而，在《丹尼尔·德隆达》一书中，犹太形象的塑造绝非信手拈来。如果我们把它与小说中反复出现的"音乐"趣味相联系，就会发现前者与爱略特对19世纪英国中产阶级文化的反思有着难以回避的关系。换句话说，小说中犹太音乐家克莱斯默尔与中产阶级女主角关德琳之间有关"音乐趣味"所形成的反差与对比，决非心血来潮之笔。正是通过上述"趣味"冲突，"趣味"的内涵从美学判断走向道德判断，并成为爱略特的"同情观"的有机内容。正如高晓玲在分析爱略特的"同情观"时所指出的那样，这种担负起社会融聚功能的"同情心"往往源自对无所不在的"冲突"的认识②。那么在这场冲突中，为什么代表"好"的音乐趣味的往往是犹太人？这仅仅是因为爱略特理解并尊重犹太文化吗？抑或在

---

① 根据中国期刊网的统计，从2006到2017，关于《丹尼尔·德隆达》一书的论文只有15篇。
② 高晓玲：《乔治·爱略特的转型焦虑》，《外国文学评论》2016年第1期。

爱略特对"音乐趣味"的探讨背后有着更为深层次的社会原因？带着以上困惑，我们来探索《丹尼尔·德隆达》一书中的"音乐趣味"。

第一节 "坏"趣味与"好"趣味的冲突

对于《丹尼尔·德隆达》一书的女主角关德琳来说，她的人生有两个导师：德隆达以及音乐家克莱斯默尔。小说开篇就讲到德隆达在赌场对关德琳的"凝视"，在随后的倒叙中，克莱斯默尔又与关德琳就音乐趣味问题发生争论，让后者陷入自我质疑。此处，我们可以将德隆达和克莱斯默尔视为代表维多利亚时期英国中产阶级成员认识自我的两种方式：视觉以及听觉。正如约翰 M. 皮克尔（John M. Picker）所言，大量对 19 世纪摄影、光学和视觉文化的研究表明，"凝视"在当时变得格外重要，但与此同时，这个时代也越来越注重"聆听"（close listening）[1]。究其原因，"声音"的物化是城市工商业资本发展的必然产物。在大多数维多利亚中产消费者们看来，"声音"不再是 19 世纪早期浪漫主义作家们笔下的"崇高体验（sublime experience）"，反之，它已被各种科学理论与技术改造为"一种可量化，可兜售的物体或东西，一种与声波相关的商品"[2]。以此类推，"音乐"的商品化

---

[1] John M. Picker, *Victorian Soundscape*, New York: Oxford University Press, 2003, p. 6.

[2] Ibid., p. 10.

也在所难免，而克莱斯默尔与关德琳的"趣味"分歧恰恰源自维多利亚中产阶级的上述倾向。

我们先来看看对关德琳来说，"音乐"意味着什么。在新居的初次社交登台中，关德琳一展歌喉，得到了意料之中的盛赞。上述细节看似在描述关德琳的自信，实际上暗示了中产阶级女性在维多利亚时期所普遍接受的音乐教育。根据《家庭财富》一书作者的调查，在19世纪，"艺术、绘画、钢琴演奏和法语都是中产阶级女性最大的教育支出，而且和男性经商一样，它们被视为是女性所应当承担的责任"①。"责任"一词颇具深意，它表明"音乐"是中产阶级的女儿们所应具有的性别担当。正是通过以音乐为中心的客厅表演，她们吸引男性的凝视，并试图在婚姻市场谋求一份体面的婚姻。因此，"音乐"，甚至表演"音乐"的女性都被"物化"为刺激男性凝视的感官消费品。这一点，从克莱斯默尔对关德琳表演的直接反应即可看出。当后者询问前者对其歌曲的评价时，前者不无唐突地说道："看您演唱还是完全可以接受的。"②

不无讽刺的是，就连克莱斯默尔这个凝视者也早已被中产阶级婚姻市场"物化"为象征性消费品。我们知道，克莱兹梅尔Klezmer这个名字来自Key与Zemer的结合，在希伯来语中前者代表乐器，后者代表歌曲。确切的说，这个名字代表的是一种犹太音乐传统。但是，在阿罗波因特（Arrowpoint）夫人和先生看来，雇用克莱斯默尔只是因为"房子里有一个一流的音乐家是财

---

① Leonore Davidoff and Catherine Hall, *Family Fortunes: Men and Women of the English Middle Class* 1780—1850, London: Routledge, 2002, p. 289.

② George Eliot, *Daniel Deronda*, Hertfordshire: Wordsworth Editions Limited, 1996, p. 38.

富的特权"①，而且虽然他们家祖上靠做生意积累了巨额财富，但如果克莱斯默尔能够指导有方，令阿罗波因特小姐通过婚姻晋身上流社会，则再好不过了。显然，对以阿罗波因特夫妇和关德琳为代表的中产阶层来说，"音乐"无异于支票换回的商品和筹码。

正是在上述"物化"浪潮中，爱略特通过克莱斯默尔与关德琳有关音乐"趣味"的对话巧妙地展示了维多利亚时期中产阶级文化的狭隘与琐碎。当关德琳不无自信地在众人的"凝视"中唱完意大利浪漫主义作曲家贝利尼（Bellini）的咏叹调后，她并没有想到克莱斯默尔会给出以下评价：

> 你未被教好，这并不是说你没有天赋。你的调子很准，而且音色很美，但是你的发声很糟糕，选择的曲目趣味低下。这类形式的旋律表现了一种幼稚的文化——它矫揉造作、虚张声势，却又摇摆不定——体现了那种没有广阔视野的人的激情与思想。这种旋律的每一部分都洋溢着愚蠢的自满情绪：没有深切而神秘的激情的爆发——没有冲突——没有对浩瀚世界的感受。听这类曲子的人会变得越来越渺小。唱点更为豪放的曲子吧……②

读到这里，我们不免忖度：为何爱略特会透过克莱斯默尔的口吻将贝利尼的咏叹调列为"坏趣味"之列？而关德琳的"趣味"选择为何代表了一种"幼稚的，虚张声势，却又摇摆不定"

---

① George Eliot, *Daniel Deronda*, Hertfordshire: Wordsworth Editions Limited, 1996, p. 197.
② Ibid., pp. 38 – 39.

的文化呢?

我们不妨借助贝丽尔·格雷的研究来推测爱略特与贝利尼的音乐之间的关系。从爱略特的信件来看,在 28 岁时,她曾不无陶醉地沉浸在贝利尼的歌剧之中,并称贝利尼的三幕正剧《清教徒》(*I Puritani*) 为"圆满之作"①。但在匈牙利音乐家弗朗茨·李斯特(Franz Liszt)的影响之下,她显然改变了对浪漫主义音乐的看法。1854 年,爱略特翻译、编写了李斯特关于欧洲浪漫主义音乐的论文《从梅耶贝尔到瓦格纳:李斯特论浪漫主义音乐流派》(*The Romantic School of Music. Liszt on Meyerbeer-Wagner*),乔治·刘易斯为该文撰写了介绍部分。在该部分中,刘易斯提出:尽管李斯特认为梅耶贝尔等人所代表的风格不乏戏剧天赋,但是他们的"音乐天赋却是二流的"。因为,

> 他所追求的并不是音乐,而是场景(Situation);他所希翼的不是诗歌,而是效果(Effect)。浮华、恢宏的舞台,舞蹈,暴风雨般的交响乐取代了激情的流露与旋律的优美,虽不失为一种创新,却不是真正的改革。音乐艺术的真正目的不应该让位于舞台效果,并沦落为舞台效果的附属品。②

李斯特的评论不免让人想起克莱斯默尔对关德琳的批评。显然,在李斯特看来,梅耶贝尔等人所追求的音乐同样是为"看"而创作的,是可供眼睛消费的"舞台效果"的附属品。有鉴于

---

① George Eliot, *The George Eliot's Letters*, Vol. 1, Ed. Gorden S. Haight, New Haven: Yale University Press, 1954, p. 233.
② George Eliot, "The Romantic School of Music. Liszt on Meyerbeer-Wagner", *The Leader*, Vol. 5, 1854, pp. 1027–1028.

此，深受李斯特影响的爱略特难免不把梅耶贝尔、贝利尼等人列入二流音乐家之列。因此，细心的读者会发现：正如贝利尼代表关德琳的"坏"趣味一样，爱略特也同样借克莱斯默尔之口将梅耶贝尔与小说中的负面人物拉什（Lush）相关联，称后者趣味不高。值得一提的是，克莱斯默尔这个人物的原型之一①即李斯特。对此，艾伦·沃克（Alan Walker）如此评价："爱略特在魏玛待了9周。这期间，她有足够的时间听李斯特谈论什么是音乐才能、天才、音乐性，和对音乐牧师般的虔诚，而这些都借由克莱斯默尔的口吻说了出来。"② 爱略特本人也多次将聆听李斯特的演奏形容为"最大的乐趣"，并指出在演奏时李斯特完全没有奇怪或过于激烈的举止。在他手中，乐器是安静而随意的，而他的表情则威严又不乏安宁③。可见，李斯特本人的演奏就是对贝利尼所代表的"音乐趣味"的反拨。正是这种坏"趣味"将本该升华个人情感的音乐卷入到矫揉造作，为了迎合他人眼球而摇摆不定的商品文化之中。

更重要的是，透过克莱斯默尔对关德琳的评价，爱略特将批评的矛头直指英国中产阶级奉为圭臬的自由放任主义。该思想以18世纪末英国哲学家、经济学家J.边沁的功利主义原理（Utilitarianism）为基础。边沁认为，自利的选择是人性的必然倾向。因此，追求一己利益必然会促进全社会的利益，并获得社会全体

---

① 关于克莱斯默尔的原型，有很多种说法，包括李斯特、Anton Rubinstein、Joseph Joachim 等。参见 Beryl Gray, *George Eliot and Music*, New York: St. Martin's Press, 1989, p. 103。

② Alan Walker and Franz Liszt, *The Weimer Years 1848—1861*, Vol. II, London: Faber, 1989, p. 250.

③ George Eliot, *The Journals of George Eliot*, Eds. Margaret Harris and Judith Johnson, Cambridge: Cambridge University Press, 1998, pp. 21-22.

成员的最大幸福（Maximum Happiness）。该理论导致的直接后果就是经济上的放任主义和文化上的个人主义。进入19世纪中后期以后，面对日趋尖锐的阶级矛盾以及中产阶级内部凝聚力的逐渐削弱，越来越多的中产阶级知识分子开始重新思考功利主义原理的合法性。约翰·穆勒（John Stuart Mill）即代表了来自功利主义内部的反思。在穆勒看来，"同情心"才是幸福的第一要素，并指出"（我意识到）只有那些一心想着别的目标而非自己幸福的人，才是真正幸福的"①。与边沁不同的是，穆勒所推崇的功利主义带有强烈的"他人"意识②，并深刻地影响了爱略特的创作。正如阿夫罗姆·弗莱施曼（Avrom Fleishman）在《乔治·爱略特的精神生活》（*George Eliot's Intellectual Life*）中所说，爱略特几乎通读了穆勒的所有著作，因此"她的道德愿景（moral vision）与穆勒有着惊人的相似"，即"个人享乐主义式的自然法则（指趋利避害的自然法则）应该被包含全人类在内的广阔概念所替代，并由此在道德判断中发展关于他人的意识"③。正因为如此，我们才得以在克莱斯默尔对关德琳的呼吁——"唱点更为豪放的曲子吧"——中听到穆勒式的"广阔"的道德愿景，以及对中产阶级女主角关德琳所表现出来的"愚蠢的自满情绪"的抨击。在爱略特看来，这种以自由放任主义为基础的"愚蠢的自满情绪"最终会将中产阶级文化导向精神上的"死亡"。

---

① John Stuart Mill, *Autobiography*, London: Penguin Books, 1989, pp. 117 – 118.
② 密尔的功利主义包含了利他主义的因素，是功利主义的一个巨大进步，也是对边沁式功利主义所得出的极端利己主义的补救和修正。详见罗俊丽《边沁和密尔的功利主义比较研究》，《兰州学刊》2008年第3期。
③ Avrom Fleishman, *George Eliot's Intellectual Life*, Cambridge: Cambridge University Press, 2011, pp. 56 – 59.

有意思的是，爱略特对"精神死亡"的揭示又再次与"音乐"有关。小说第六章，关德琳组织众人演出室内舞台剧。根据剧情设计，她所扮演的智慧女神赫耳弥俄涅的雕像将在音乐的激发下复活。然而，当她踏上房间中央的踏板之时，一幕出人意料却极富戏剧性的场景发生了：克莱斯默尔雷鸣般的钢琴声引发了和钢琴持平的踏板的共振，并因此震开了房间右侧的装饰面板。瞬间，面板背后的画作暴露在了众目睽睽之下。画上的内容颇具隐喻色彩：一个模糊晦涩的身体正张开着双手，试图逃离自己仰望着的，面如死灰的脸①。毋庸置疑，强烈灯光之下的死灰面庞让本该复活的赫耳弥俄涅呆若木鸡。在极度恐惧之中，关德琳被抬下了舞台。应该说，这幅画作象征了"身体"对濒临死亡的"精神"的背叛。事后，在关德琳的回忆中，她承认自己与画中人颇为相似，时常被阵阵"精神死亡"所缠绕②。尽管她并不知上述"精神死亡"的缘起，但这种突如其来的恐惧感却使她意识到了置身于广阔世界之中的自我的孤独与狭小。这显然与克莱斯默尔口中的"愚蠢的自满情绪"形成了浓烈的反差。

不难看出，克莱斯默尔与关德琳的相遇在小说中颇具象征意义。他们的"趣味冲突"将音乐从"物化"的牢笼中释放出来，使其成为具有道德外延和社会融聚作用的"精神"选择。更重要的是，上述"趣味冲突"充分展现了英国中产阶级群体内部在该时期的文化反省与精神诉求。正如伊格尔顿所说，伴随着维多利亚中后期工业资本积累的混乱和市场的无序，

---

① George Eliot, *Daniel Deronda*, Hertfordshire: Wordsworth Editions Limited, 1996, p. 20.

② Ibid., p. 51.

工业资本主义绝不能再粗暴地低估"精神"的价值,即使这些价值日益带上空泛而难以置信的意味。只要提到维多利亚时代的资产阶级,人们既不能完全相信,也无法完全否定以卡莱尔或罗斯金为代表的,怀旧式的新封建主义。虽然他们的幻想极有可能是怪异而不真实的,但它们是意识形态的刺激物和道德教诲的源泉,而市场,至少市场的低级秩序,则无法提供上述刺激与源泉。[1]

如此看来,克莱斯默尔与关德琳的"趣味冲突"无异于一场"精神"与"物质"之间的博弈。只是在小说中,为什么是犹太音乐家克莱斯默尔屡次成为中产阶级女主角关德琳的精神教诲者?上述问题值得我们进一步探究。

第二节 "趣味"冲突背后的文化反思

不可否认,自青年时代起,爱略特就对犹太文化颇感兴趣,而与犹太学者伊曼纽尔·多伊奇(Emmanuel Deutsch)的结缘则深化了上述兴趣。多伊奇本人就是一名支持犹太人重返故土的狂热分子。他于1869年访问巴勒斯坦,并在3年后再次抱病前往,却客死途中。正是在多伊奇的影响下,爱略特开始学习希伯来文和犹太宗教习俗,并培养了对犹太文化的深厚情感[2]。然而,爱

---

[1] Terry Eagleton, *The Ideology of the Aesthetics*, Oxford UK: Blackwell Publishing Ltd., 1990, p. 63.
[2] George Eliot, *The George Eliot Letters*, Vol. 5, Ed. Gorden S. Haight, New Haven: Yale University Press, 1954—1978, p. 73.

略特对犹太主题的选择并非仅仅基于其个人经历。在卡罗莱·琼斯（Carole Jones）看来，她更试图说明犹太民族在面临融合和归化的同时，如何保持其宗教及文化传统，并对普遍的现代化进程做出贡献（a universal modernity）。此处，琼斯所说的"贡献"一词颇为值得推敲。

首先，"贡献"一词道出了《丹尼尔·德隆达》一书的历史背景。到维多利亚中晚期，越来越多的英国人意识到：犹太人与欧洲、美洲之间的贸易往来有利于英国的海外经济扩张。此外，犹太人的商业能力更让英国中产阶级对犹太人的融入与归化尤为青睐。根据恩德尔曼（Endelman）的统计，到19世纪80年代，在伦敦的犹太人中42%为年收入介于200—1000英镑的中产阶级，约15%为年收入在1000英镑以上的商业精英，而当时在英国和威尔士只有3%的英国人年收入在700英镑以上[①]。可见，到维多利亚晚期，犹太人已经成为英国中产阶级不可或缺的一部分，并构成现代化景观中难以忽视的风景。然而，当爱略特在描述上述风景时，她更希望能以犹太文化为参照物，揭示英国社会的衰败之象，从而"拓宽英国的愿景"[②]。这也正是琼斯所说的"贡献"一词的深意所在。换言之，《丹尼尔·德隆达》一书中的犹太文化构成了对英国现代化进程的反思，而英国中产阶级作为现代化进程的主体，其偏狭与自利则不可避免地成为爱略特的矛头所指。本文第一部分所讨论的"音乐趣味"的分歧就是最好的例子。从上述例子来看，克莱斯默尔不仅是关德琳所代表的中产

---

① Told M. Endelman, *The Jews of Britain*, 1656—2000, Berkeley and Los Angeles: University of California Press, 2002, pp. 92 – 93.

② Carole Jones, "Introduction", *Daniel Deronda*, Hertfordshire: Wordsworth Editions Limited, 1996, pp. xii – xiii.

阶级文化的参照物，还起到了"典范"（exemplar）的作用。而且，爱略特对这个典范人物的塑造始终未曾远离对"音乐趣味"的讨论。

让我们再次回到克莱斯默尔与关德琳的相遇。当关德琳得知母亲投资失败时，她试图成为歌唱家，以此摆脱迫在眉睫的经济窘迫，并为此向克莱斯默尔咨询。然而，克莱斯默尔却不以为然。他认为，关德琳的"音乐趣味"是一种按照"客厅娱乐标准来进行"的"客厅趣味"①。这种"趣味"一方面来自中产阶层的物化倾向（本文第一部分已详述），另一方面，则与中产阶级对贵族趣味的机械模仿有关。这里，我们不得不先谈谈小说中的另一人物——格朗古特。

格朗古特甫一出场，爱略特就指出他看上去了无生趣，而且"任何一个呼吸着的清醒的人都不可能像他一样毫无生机"②。随后，爱略特相继使用了无力的（flaccid）、麻木的（indifference）③、厌倦的（ennui）④ 三个单词来形容格朗古特的无精打采和冷漠阴郁。然而，就是这样一个乏味至极的形象却让关德琳觉得并没有想象中那么无趣。究其原因，这种毫无热情的态度代表了一种彰显自我的贵族"美学趣味"。尤其是"厌倦（ennui）"这一法语单词，它充分折射了19世纪初兴起于伦敦的"纨绔子弟"（Dandies）贵族风尚。正如程巍所说，"不能否认，伦敦纨绔子有着一种异乎寻常的激情，但这种激情是投向自己的，而不

---

① George Eliot, *Daniel Deronda*, Hertfordshire: Wordsworth Editions Limited, 1996, p. 212.
② Ibid., p. 89.
③ Ibid.
④ Ibid., p. 103.

是投向他人的，这使得他们看上去一副冷淡的、厌倦的、拒人千里之外的神情。他们有光，但没有热"。① 有意思的是，在缺乏文化自信的中产阶级成员看来，这种对万事万物嗤之以鼻，毫不在意的贵族姿态却格外迷人，并让他们不由自主的枉簪学步。因此，关德琳的"客厅趣味"背后其实有着深刻的文化原因，即一直以来她身处一个并不推崇精益求精的中产阶级社会。在上述社会中，"无论是简单的算数还是高深的艺术，出于体面起见，都应理所当然地点到为止，因为绅士淑女们只要把它们当消遣就够了。"② 换句话说，中产阶级文化中的"业余主义"源自其对慵懒、冷漠而又自以为是的贵族"趣味"的模仿。这种敷衍了事的"客厅趣味"虽只是东施效颦，却使得浸淫其中的人日益丧失感受能力。婚后的关德琳就是一个显著的例子。通过以下描述，爱略特展现了"纨绔子弟"式贵族风尚对关德琳的影响：

  这对英国夫妇（格朗古特夫妇）皮肤白皙，看上去赏心悦目却又苍白、镇定、目中无人，完全展现了这个国度惯有的古怪。他们脸上没有丝毫笑意，行动起来更像两个正在实现自己超验使命的怪物。或者说，他们更像供人参观却又让人痛苦的物品。丈夫衣着修身且合体，前胸、后背和四肢的轮廓清晰可见；妻子看上去则更像一尊雕像。③

---

① 程巍：《文学的政治底稿：英美文学史论集》，复旦大学出版社 2014 年版，第 2 页。
② George Eliot, *Daniel Deronda*, Hertfordshire: Wordsworth Editions Limited, 1996, p. 218.
③ Ibid., p. 565.

读到此处，我们难免揣测：爱略特所说的"惯有的古怪"究竟有何所指？从"目中无人"、"没有丝毫笑意"等表述来看，"古怪"与情感的缺失不无关联。这种缺失尤让观者痛苦，并陷入一种深刻的道德焦虑之中。达尔文曾说过，"我们本性中感受部分的萎缩，可能损及智力，但更可能损及道德品格。"① 对此，爱略特心有戚戚焉。她认为，"道德的进步取决于我们在何种程度上能够同情并理解个体的苦痛和个体的欢乐。"② 也就是说，我们对情感的理解不应只停留在感官层面。反之，它应升华成为一种凝聚他人，并促进社会道德成长的伦理实践。或许出于上述考虑，爱略特自然而然地以"情感"为着眼点来凸显克莱斯默尔的"典范"作用。

单从外形来看，克莱斯默尔就不可谓不"生机勃勃"。他两眼如炬，情感外露，英国绅士的烟囱帽戴在他头上不由得多了几分喜感，因为这样的帽子本该与一丝不苟的头发和古板乏味的神情相配③。他不喜多言，但是抨击缺乏情感的英国政治时，却滔滔不绝，犹如"不小心被点燃了的烟火"④。在他看来，英国政治早已丧失了理想主义。正因为如此，在处理民族关系时，它不仅丝毫不考虑情感的维系，反而完全受市场利益的驱动。就这一点而言，那些紧紧围绕在"低买高卖"旗帜下的英国人比十字军好不到哪里去，后者至少以（宗教）情感为旗帜来汇聚

---

① 参见［英］查尔斯·达尔文《达尔文自传》，曾向阳译，江苏文艺出版社1998年版，第79页。译文略做修改。

② George Eliot, *The George Eliot Letters*, Vol. 2, Ed. Gorden S. Haight, New Haven: Yale University Press, 1954—1978, p. 403.

③ George Eliot, *Daniel Deronda*, Hertfordshire: Wordsworth Editions Limited, 1996, p. 83.

④ Ibid., p. 200.

众人①。显然，克莱斯莫尔追求的是一种以"情感"为凝聚力的政治。同样，他所推崇的音乐趣味也是一种洋溢着深切"情感"的"趣味"。

让我们重新回到关德琳与克莱斯默尔初次相遇的场景。在批评过关德琳的"音乐趣味"之后，克莱斯默尔随即开始了他的演奏。在后者的琴声中，关德琳似乎听到了一种"挥之不去的，让人颤动的语言"，将她"腾空托起，使她不顾一切地陷入对自我言行的漠视之中"，又或者"至少在这一瞬间激发她超越自我的言行，并像陌生人一样笑着打量着它们"②。上述行文中，"腾空"、"激发"等词都不免让人想起穆勒对音乐的强调。在穆勒看来，"……音乐的最佳效果恰恰在于激发热情（就这一点而言，它也许胜过其他任何艺术），在于唤醒人类品格中潜在的那些高尚情感，并提升其强度。这种兴奋状态赋予升华了的情感一种光和热，后者最强烈的状态虽然短暂，却能持续维持这种升华的情感，因而弥足珍贵。"③ 换句话说，好的"音乐趣味"会使人凌越"愚蠢的自满情绪"，在情感的升华之中摆脱"精神的死亡"，从而领悟到渺小凡人的局促、狭隘与无奈。

须进一步指出的是，这种情感的升华瞬间不仅出现在克莱斯默尔的音乐中，更出现在代表犹太文化的宗教音乐中。小说中讲到，在法兰克福的犹太教堂，不谙希伯来语的德隆达虽对祷告词不明就里，内心却不由得情感澎湃。在他听来，伴随祷告词而起的音乐仿佛诉说了"一种热烈的向往，希望能逃脱由我们自身的

---

① George Eliot, *Daniel Deronda*, Hertfordshire: Wordsworth Editions Limited, 1996, p. 83.
② Ibdi., p. 39.
③ John Stuart Mill, *Autobiography*, London: Penguin Books, 1989, p. 119.

脆弱所导致的种种限制",又抑或"它代表了一种忘我的令人喜悦的升华"①。这种强烈的情感将他推向犹太文化,并将此当作治疗中产阶级"厌倦"(ennui)病的良药②。也正因为如此,在面对婚后百无聊赖的关德琳时,德隆达劝其不要放弃音乐。这实际上是以音乐为配方,为关德琳所患的"麻木症开"出了一剂"情感"良药。

可见,在爱略特笔下,以音乐家克莱斯默尔等人为代表的犹太文化是一种极具"情感"力量的文化。拿小说中另一位犹太人物摩狄凯(Mordecai)的话来说,正是"情感的核心力量将民族凝聚"③,使"整体蕴涵个体,而个体又孕育着整体"④。然而,爱略特的用意显然在"情感"之外。更确切地说,她希望透过一种极具"情感"的文化来讨论构建伦理传统的必要性。应该说,上述意图与小说的创作背景休戚相关。早在《丹尼尔·德隆达》成作之前,人们就已经普遍接受了达尔文在《人类起源》(*The Descent of Man*(1871))中提出的观点,即人类进化带来的种种问题往往需要通过构建伦理传统来改善⑤。对此,爱略特也深信不疑,并认为在构建上述传统的过程中,"情感"的作用不容小觑。因此,在小说第33章的"前言"中,她这样写道:

当一位犹太教士以不容置疑的口吻声称"没有人会把自

---

① George Eliot, *Daniel Deronda*, Hertfordshire: Wordsworth Editions Limited, 1996, p. 303.
② Ibid., p. 300.
③ Ibid., p. 439.
④ Ibid., p. 610.
⑤ Carole Jones, "Introduction", *Daniel Deronda*, Hertfordshire: Wordsworth Editions Limited, 1996, p. viii.

己父母的骨头制作成勺子来卖"时,听者显然能感受到其对上述经济行为的反对,且无人会对此质疑。因为我们的市场还没有发展到这种程度,以至于让人们反诘其观点,并扬言人类的进步只存在于对物质的极度使用中。更确切的说,真正能阻止上述经济行为的只有"情感（sentiment）",也只有"情感"才能使人自然而然的意识到它才是世界上更值得追求的财富。①

换句话说,在爱略特眼中,"情感"能抑制种种有违伦理常态的行为（例如将父母的骨头制成商品等）。进而言之,在现代化进程中,"情感"所蕴含的道德力量不仅能与中产阶级商品文化中的物质主义和个人主义倾向相抗衡,而且能修复物化了的人类本性所产生的冷漠与狭隘。由此可见,虽然克莱斯默尔等犹太角色体现了"广阔的具有情感的生活"②,但犹太文化背后的道德力量才是爱略特谈"情"说"爱"的真正用意所在。

有鉴于此,"音乐趣味"成为我们理解《丹尼尔·德隆达》一书的有效切入点。克莱斯默尔与关德琳的对话虽看似停留在音乐层面,却旨在唤起读者对英国中产阶级道德观与价值观的文化反思。实际上,这种反思不仅仅见之于爱略特的笔端,而且通过种种关于"趣味"的讨论内含于英国的文化批评传统之中。例

---

① George Eliot, *Daniel Deronda*, Hertfordshire: Wordsworth Editions Limited, 1996, p. 314.

② 赛义德认为,爱略特之所以塑造了一系列犹太复国主义的形象是因为她坚信这些人体现了以下理念：我们应该有一种"广阔的具有情感的生活"。详见 Edward W. Said, "Zionism from the Standpoint of its Victims", *Social Text*, Vol. 1, 1979, pp. 18 – 23。

如，早在18世纪，休谟就指出：如果要形成正确的"趣味"，人们就必须清除所有偏见，同时在与他人的比较中完善"趣味"的标准①。而与爱略特同时期的罗斯金则更为直接，他指出："好的趣味本质上是一种道德品质"，它不仅是"道德的组成部分和道德的标志，而且是最高尚的道德"。② 可见，"趣味"不仅是一个美学概念，更是一个道德概念，它脱胎于对自我的超越，得益于与他人的关系中。因此，透过克莱斯默尔对关德琳的批评，我们似乎听到了爱略特与众多文化批评家更唱迭合的声音。从这个层面讲，《丹尼尔·德隆达》确实不失为一部"融汇了许许多多声音"的小说。

---

① David Hume, *Of the Standard of Taste and Other Essays*, Ed. John W. Lenz, Indianapolis: Bobbs-Merrill Educational Publishing, 1965, p. 16.
② ［英］罗斯金：《罗斯金读书随笔》，王青松、匡咏梅译，上海三联书店2001年版，第128页。

下 篇

公共空间

第五章

"如画"美学背后的阶级符码

简·奥斯丁（Jane Austen，1775—1817）是一位善于描绘自然美景的作家。为此，许多研究奥斯丁的专家都曾或多或少地指出：奥斯丁以散文的形式为其读者展示了英国乡村"如画"般的美景。例如，在《简·奥斯丁的世界——一位英国最受欢迎的作家的生活和时代》（*Jane Austen's World*）一书中，玛吉·莱恩（Maggie Lane）指出无论奥斯丁生活的世界有多少实际的生存困难，最毋庸置疑的是"简的世界看起来总是优雅美丽的……英格兰的风景……从来没有如此可爱过"[1]。

而瓦尔顿·里兹（A. Walton Litz）更是明确地指出，奥斯丁在《傲慢与偏见》（*Pride and Prejudice*）中运用"如画般的瞬间"建立意义与形式的联系，可以说，如画的风景是"奥斯丁对自然

---

[1] ［英］玛吉·莱恩：《简·奥斯汀的世界——英国最受欢迎的作家的生活和时代》，郭静译，海南出版社2004年版，第157页。

的一种情感反应"①。然而,奥斯丁笔下的美景仅仅是她抒发情怀的手段吗?或者只是小说人物情感发展的场景吗?

事实上,奥斯丁为读者展现的"如画"美景真实地再现了盛行于18世纪的古典"如画"美学。关于这一点,国内奥斯丁研究至今尚未涉及。近10年来,国内关于奥斯丁研究的论文有160多篇,研究角度涵盖历史、文化、哲学、宗教、教育等方方面面,但没有一篇论及奥斯丁对"如画"美学的接受。与国内情况相反,国外奥斯丁研究早已注意到了"如画"视角。伊泽贝尔·格伦迪(Isobel Grunndy)在《奥斯丁与文学传统》("Jane Austen and Literary Traditions")一文中指出:"越来越多的奥斯丁研究者开始细察诸多对奥斯丁的艺术产生影响的因素",其中包括了威廉·吉尔品(William Gilpin,"如画"美学代表人物)的"如画"美学②。芭芭拉·温纳(Barbara Britton Wenner)更是明确地指出:"对奥斯丁笔下美景的考察必然涉及对'如画'美学的理解……以及她如何展现、讽喻'如画'美学。"③ 确实,要洞察奥斯丁的艺术魅力,就必须考察她对"如画"美学的接受与反思。

有鉴于此,本文以《理智与情感》(*Sense and Sensibility*)、《傲慢与偏见》和《诺桑觉寺》(*Northanger Abbey*)三本小说为例,探讨奥斯丁与"如画"美学的关系。

---

① A. Walton Litz, "The Picturesque in Pride and Prejudice", *Persuasions*, Vol. 13, 1979.
② Edward Copeland and Juliet Mcmaster eds., *The Cambridge Companion to Jane Austen*, Cambridge: Cambridge University Press, 1997, pp. 32–57.
③ Barbara Britton Wenner, *Prospects and Refuge in the Landscape of Jane Austen*, Ashgate Publishing Company, 2006, p. 5.

第一节 "如画美学"与"如画"热潮

关于"如画"美学对奥斯丁的影响，奥斯丁最喜爱的哥哥亨利·奥斯丁（Henry Austen）曾直言不讳："从很早开始，奥斯丁就迷恋上了吉尔品的'如画美学'。"[①] 而奥斯丁青年时期的阅读也证明了亨利·奥斯丁的话。约翰·麦勒（John McAleer）在《传记作家能从简·奥斯丁处学到什么？》（"What a Biographer Can Learn about Jane Austen from Her Juvenilia"）一文中这样说道：

> 当我们越来越知道她（奥斯丁）到底读了些什么时，她对文字的追求让我们刮目相看。大量的家庭内部资料告诉我们奥斯丁在青年时期至少熟读了50本以上的著作，这其中包括下述作家的作品：莎士比亚（Shakespeare）、罗（Rowe）、爱迪森（Addison）、蒲伯（Pope）、约翰逊（Johnson）、理查逊（Richardson）、菲尔丁（Fielding）、斯特恩（Sterne）、沃波尔（Walpole）、戈德史密斯（Goldsmith）、谢里登（Sheridan）、博斯韦尔（Boswell）、歌德（Goethe）、伦诺克斯（Lennox）、伯纳（Burney）、埃奇沃思（Edgeworth）、夏洛特·斯密斯（Charlotte Smith）和吉尔品。她不仅知道它们，而且对它们如

[①] Henry Austen, "Biographical Notice of the Author", *Northanger Abbey*, Ed. Susan Fraiman, New York: W. W. Norton MYM Company, Inc., 2004, p. 194.

此熟悉，因此能自由、娴熟地运用它们。①

毋庸置疑，从青年时代起，奥斯丁就对吉尔品的"如画"美学了然于心。值得注意的是，本文选择的三部小说恰恰相继完成于奥斯丁的青年时代。1795年，奥斯丁完成《埃里诺与玛丽安》（*Elinor and Marianne*），此为《理智与情感》的前身。1796年，奥斯丁开始创作《傲慢与偏见》的初稿《初次印象》（*First Impression*），并于次年完成。1798年，奥斯丁开始构思《诺桑觉寺》的前身《苏珊夫人》（*Susan*），并于1799年完稿。而这四年间也正是吉尔品的"如画"美学颇为盛行的时候。后者于1782年出版《南威尔士》②，1791年出版《林中美景》（*Forest Scenery, and Other Woodland Views*）。这两部书与1798年的《英格兰西部和怀特岛》③ 和1800年的《高地》（*Observations on the Highlands of Scotland*）二书共同将吉尔品所提倡的"如画"美学推向高潮。可见，从时间上看，吉尔品的这些作品贯穿了奥斯丁从7岁到25岁的整个青少年时期。因此可以说，"它们对她形成对自己国家不同地区、不同景色的认识产生了重要的影响"，也间接或直接地对她的创作造成影响④。对此，奥斯丁传记的作者玛吉·莱恩

---

① John McAleer, "What a Biographer Can Learn about Jane Austen from Her Juvenilia", *Jane Austen's Beginnings: The Juvenilia and Lady Susan*, Ed. J. David Grey, Ann Arbor/London: U. M. I Research Press, 1989, p. 9.

② 此为简称，英文全称为：*Observations on the River Wye and several parts of South Wales, etc. relative chiefly to Picturesque Beauty; made in the summer of the year 1770*。

③ 此为简称，英文全称为：*Observations on the Western Parts of England, etc. relative chiefly to Picturesque Beauty; to which are added, A Few Remarks on the Picturesque Beauties of the Isle of Wight*。

④ ［英］玛吉·莱恩：《简·奥斯汀的世界——英国最受欢迎的作家的生活和时代》，郭静译，海南出版社2004年版，第163页。

指出:"吉尔品的观点部分也是简·奥斯丁主要观点的组成部分,在所有三部关于史蒂文顿的小说中都有吉尔品观点的痕迹。"① 而克里斯托弗·吉利(Christopher Gillie)更是在《奥斯丁导读》(*A Preface to Austen*)一书中明确地将吉尔品归为18世纪趣味的影响力量之一,并指出:正是由于奥斯丁独特地运用了前者的思想,"如画"美学才成为其创作的建设性影响之一②。那么,对奥斯丁的创作产生巨大影响的"如画"美学究竟所指何意?

在这里,我们有必要回溯吉尔品的主要观点。事实上,Picturesque(如画)一词最早出现在文艺复兴时期的意大利,原文为Pittoresco,意思是"以画家的方式"(after the manner of painters)。到17世纪,克劳德·洛兰(Claude Lorrain)③ 和萨尔瓦多·罗莎(Salvator Rossa)将此风格进一步发展成为"理想化"的意大利古典风景油画。他们分别代表了古典风景画中"优美"(Beautiful)和"壮美"(Sublime)两种风格。至18世纪后半叶,吉尔品对古典"如画"美学作了系统的整理,并率先在英国倡导寻访'如画'美景的生活方式④,从而在英国掀起了一场不小的"如

---

① [英]玛吉·莱恩:《简·奥斯汀的世界——英国最受欢迎的作家的生活和时代》,郭静译,海南出版社2004年版,第165页。
② Christopher Gillie, *A Preface to Austen*, Peking: Peking University Press, 2005, p.91.
③ 这里,我们以克劳德·洛兰为例说明古典油画风景画的理想化倾向。克劳德往往采用组合的方式来形成"理想化"的"优美"风景。通过这种方式,他描绘了人类的黄金时代的理想化优美风景:风景是人性的安居之地,人与环境融洽相处,形成了一种自足的框架。但是,这样的理想化风景在现实生活中却是难以一见的。关于此观点,具体参见戴小蛮的《风景如画:"如画"的观念与十九世纪英国水彩风景画》一书第二章(湖南人民出版社2008年版)。
④ "如画"运动:又称"如画"风尚或"大旅行"风尚。从18世纪中后期开始,由于吉尔品"如画"概念的发展,赶时尚的年轻人不仅仅着手自然诗歌的写作,而且开始学习风景画,并且根据吉尔品在书中所提到的地名和路线,到英国本土的野外自然和乡下去寻找他们如画的景观,而这就是著名的"如画运动"。详见周泽东的《论"如画性"与自然审美》一文(《贵州社会科学》2007年第5期)。

画热潮"（Picturesque Cult）。

根据吉尔品的定义，"如画"指的是"那种在画面中让人觉得赏心悦目的美"（that kind of beauty which is agreeable in a picture），这种美"介乎'优美'与'壮美'之间"①。虽然吉尔品的这个定义模糊不清，但是他对如何创作和欣赏"如画"美景提出了具体的实践准则，使"如画"美学具有更强的操作性。但是，另一方面，这些具体的准则却由于过度的僵硬而遭人诟病。例如，他总是将"如画"的风景分为三个部分：远景、中景和近景。远景包括山峰和湖泊；中景是过渡地带，包括山谷、树木、河流和充当趣味中心的自然或人造风物；前景则包括岩石、小瀑布、古迹、间断性的或者有变化性的地面②。此外，"耕地是与'风景画'的精神相悖的"，应像城市风景一样竭力避免，肮脏的农家房舍必须由富有诗意的茅屋和旧房子替代③，而凋敝破败的寺庙与城堡则会增加"如画"的画面效果。这也就是说，在整个艺术过程中，"如画"的效果取代了风景的真实，"如画"的风景取代了风景的"如画"。

有鉴于此，很多批评家都指出："如画"法则并不值得借鉴，因为它们"回避了生活与自然的真实境况"，是虚假的美学准则④。实际上，从18世纪末开始，包括约翰·罗斯金（John Rus-

---

① Qtd. in Stephan Siddall, *Landscape and Literature*, Cambridge：Cambridge University Press, 2009, pp. 29 - 30.
② 戴小蛮：《风景如画——"如画"的观念与十九世纪英国水彩风景画》，湖南人民出版社2008年版，第45页。
③ [英] 玛吉·莱恩：《简·奥斯汀的世界——英国最受欢迎的作家的生活和时代》，郭静译，海南出版社2004年版，第165页。
④ Stephan Siddall, *Landscape and Literature*, Cambridge：Cambridge University Press, 2009, p. 31.

kin)、约翰·缪尔（John Muir）在内的很多理论家都对"如画"美学传统提出了质疑。在这些批评声中，奥斯丁以小说的形式对吉尔品的"如画"美学做出回应，并介入上述批评语境。

第二节　奥斯丁笔下的"如画"趣味

在奥斯丁青年时代所创作的这三本小说中，"如画"场景与"如画"美学术语随处可见。最突出的例子莫过于《诺桑觉寺》中的一处场景，该场景主要描写小说主人公蒂尼兄妹与凯瑟琳在一次散步时谈到该如何欣赏自然风景。原文如下：

> 不久，蒂尼兄妹换了话题，这回她（笔者按：指凯瑟琳）可没得说了。他们用经常作画的人的眼光打量着乡间的景色，而且像真正具有绘画趣味的人那样（with all the eagerness of real taste），非常热情地断定这片景色可以入画。凯瑟琳这时不知该如何是好，她对绘画一窍不通，更勿论绘画趣味了（She knew nothing of drawing-nothing of taste）。专心致志听他们谈论，但也没有多少收获，因为她差不多根本不懂他们的术语。而她能懂的一小部分，好像也和从前她对绘画所仅有的一些观念相矛盾。现在看来，从高山顶上取景似乎并不是好办法了，而且爽朗的蓝色天空也不再象征晴天了。①

---

① ［英］简·奥斯汀：《诺桑觉寺》，麻乔志译，重庆出版社2008年版，第99—100页。笔者对部分语句做了调整与修改。

随后,亨利·蒂尼看出了凯瑟琳的窘迫,马上给她讲解了哪些景物可以"入画":

> 他谈到近景、远景、次远景、旁衬景、配景法和浓浅色调。凯瑟琳是个很有前途的学生,所以当他们登上山毛榉岩山顶的时候,她已经能够自己辨别,认为巴斯城全景没有取入风景画的价值。①

很显然,在上述引文中,奥斯丁使用了吉尔品的"如画"术语,如近景、远景、次远景、旁衬景、配景法和浓浅色调等。此外,在行文中,多条"如画"法则都是信手拈来。例如,凯瑟琳意识到从"高山顶上取景似乎并不是好办法了,而且爽朗的蓝色天空也不再象征晴天了"。这是因为根据吉尔品的"如画"法则,"为了取得'壮美'的效果,较低的取景视角更为可取"②,而且由于大气效果对森林色彩的影响,天空和森林都将呈现"蓝紫色"③。此外,由于城市风景与"如画"精神相悖而要尽量避免,故凯瑟琳认为"巴斯城全景没有取入风景画的价值"。值得注意的是,这里,奥斯丁的叙述以吉尔品式的"如画"视角将城市排除在外,这无形中暗示了奥斯丁对18世纪后期工业化和城市化进程的态度。虽然奥斯丁鲜有直接论及伦敦等工业城市的丑陋与

---

① [英]简·奥斯汀:《诺桑觉寺》,麻乔志译,重庆出版社2008年版,第100—101页。

② 关于该"如画"法则和其他法则的详细解释,请参见维基词典对"威廉·吉尔品"该词条的解释:http://en.wikipedia.org/wiki/William_Gilpin_(clergyman)。

③ 戴小蛮:《风景如画——"如画"的观念与十九世纪英国水彩风景画》,湖南人民出版社2008年版,第46—47页。

污染,然而,她对城市抱有明显的怀疑态度。因为,在奥斯丁的小说里,我们发现,城市经验往往代表了"一种无根的感觉和大都市式的傲慢,是和现代化及其堕落联系在一起的"①。

此外,我们不难看出,上述对话中奥斯丁对"如画"美学的涉及恐怕不只是主人公闲聊的谈资而已。换句话说,主人公的这种审美情趣恰恰体现了他们的阶级身份与阶级趣味。正如雷蒙德·威廉斯所说,"如画"美学绝不仅仅只是"让人愉快的景色"(pleasing prospects)。事实上,这一美学视角说明了欣赏者所处的社会地位。正是该地位决定他能够,并需要(need)将景色分为"实用"和"如画"两类②。关于这一点,斯蒂芬·西达尔(Stephan Siddall)教授在评论"如画"美学时也曾涉及。在他看来,"那些希望被人们认为是有文化的人将吉尔品的'如画'美学准则视为风尚。尤其对女性来说,绘画、欣赏风景和音乐、舞蹈、刺绣一样被视为女性所必备的技艺之一。"③ 因此,身为将军和贵族阶层的后代,蒂尼兄妹追随"如画"风尚并不奇怪,他们的"精通"与凯瑟琳的"无知"构成了两个阶层(贵族阶层与中产阶层)的对比。可以说,亨利·蒂尼对凯瑟琳的美学教育充分体现了威廉斯所说的阶级"地位"与阶级"需要"。而且,对于这样的美学教育,以凯瑟琳为代表的中产阶级女主角也并未觉得扞格而不胜。相反,她们对此做出了积极的回应。正因为如此,在深感无地自容的同时,凯瑟琳表示将"不惜付出一

---

① Jonathan Bate, *The Song of the Earth*, London: Picador, 2001, p. 3.
② Raymond Williams, *The Country and the City*, New York: Oxford University Press, 1975, pp. 120 – 121.
③ Stephan Siddall, *Landscape and Literature*, Cambridge: Cambridge University Press, 2009, p. 30.

切代价"来学会如画美学①。

同样,在《傲慢与偏见》一书中,奥斯丁也使用了吉尔品的"如画"美学来体现小说主人公达西的阶级趣味。值得一提的是,《傲慢与偏见》一书中对景色的描写并不多,对庄园的大力着墨更是只此一处。对此,玛维斯·贝蒂(Mavis Batey)认为,"奥斯丁以与众不同的细节描绘了伊莉莎白一行人在彭伯利庄园的散步。这一路走来,道路迂回曲折,处处有着如画的美景,吉尔品式的场所时隐时现。"②贝蒂所言不假。例如,在小说第三卷,奥斯丁就透过伊莉莎白的眼睛描写了一处吉尔品式的"如画"美景:

> 伊莉莎白稍微看了一下,便走到窗口欣赏美景。只见他们刚才下来的那座小山上丛林密布,从远处望去显得越发陡峭,真是美不胜收。这里的景物处处都是很绮丽。她纵目四望,只见一道河川,林木夹岸,山谷蜿蜒曲折,看得她赏心悦目(was delighted)。一走进其他房间,这些景致也随之变幻姿态。但是,不管走到哪个窗口,总是秀色可餐。③

读到这里,任何对"如画"美学稍有了解的读者都会想起吉尔品对"如画"的定义:"如画"指的是"那种在画面中让人觉得赏心悦目的美"④。事实上,任何一个房间的窗口都类似于一副

---

① [英]简·奥斯汀:《诺桑觉寺》,麻乔志译,重庆出版社2008年版,第100页。
② Mavis Batey, *Jane Austen and the English Landscape*, London: Barn Elms Publishing, 1996, p.134.
③ [英]简·奥斯汀:《傲慢与偏见》,孙致礼译,译林出版社1993年版,第224页。
④ Qtd. in Stephan Siddall, *Landscape and Literature*, Cambridge: Cambridge University Press, 2009, pp.29-30.

风景画的画框（frame）。因此，当伊莉莎白"走到窗口欣赏美景"时，她无异于欣赏一幅幅风景画。而该"画面"显然符合吉尔品的"如画"定义，因为短短几段之间，奥斯丁就数次使用了"赏心悦目"、"心旷神怡"[①]（delight）这样的词来描述伊莉莎白欣赏"如画"美景时的心情。然而，奥斯丁并未就此止步不前，相反，她自然而然地将话题从"如画"美景引向了达西的审美情趣。首先，她表示，彭伯利庄园的"天然美姿丝毫没有受到庸俗趣味的玷污"，接着，她借伊莉莎白之口，直接表示"很钦佩主人的情趣"，甚至认为"在彭伯利当个主妇也真够美气的"[②]。如此这般，通过对彭伯利庄园的描写，奥斯丁"自然而然地外化了达西的阶级特征与道德特点"[③]。

可见，奥斯丁对彭伯利庄园的"情有独钟"并非只是闲来之笔。与蒂尼兄妹和凯瑟琳在山毛榉崖上的谈话一样，伊莉莎白的凭窗眺望以"如画"美学的视角构建了达西的阶级特征与阶级趣味。同时，伊莉莎白的一句"真够美气的"，于无形中道破了其对上述阶级趣味的向往。

类似的例子在奥斯丁的小说里比比皆是。不难看出，吉尔品的"如画"美学确实对奥斯丁的小说创作产生了一定的影响。正

[①] 事实上，就在该章节的第三段，奥斯丁写到彭伯利庄园的美景让伊莉莎白"不由得心旷神怡"。原文如下："房子位于山谷对面，陡斜的大路蜿蜒通到谷中。这是一座巍峨美观的石头建筑，屹立在一片高地上，背靠着一道树木葱茏的山冈。屋前，一条小溪水势越来越大，颇有几分天然情趣，毫无人工雕琢之痕迹。两岸点缀得既不呆板，又不做作，伊莉莎白不由得心旷神怡（see with delight）"。请参见孙致礼所译的《傲慢与偏见》第223页。

[②] ［英］简·奥斯汀：《傲慢与偏见》，孙致礼译，译林出版社1993年版，第223—224页。

[③] Alistair M. Duckworth, *The Improvement of the Estate: A study of Jane Austen's Novels*, Baltimore: John Hopkins University Press, 1994, p. 123.

如亨利·奥斯丁所说，简·奥斯丁自年少时起就对吉尔品的"如画美学"颇为倾心，而且"她很少改变自己对人和书的看法"[1]。然而，在上述引文的前一句话中，亨利还提到，"无论是对真实的还是画布上的风景，奥斯丁都是一个热情而又明智、谨慎（judicious）的爱好者"[2]。既然奥斯丁对"风景"如此热情，又固执己见，那么，她又如何在"如画"风尚中保持清醒的判断呢？亨利的话看似前后矛盾，其实暗示了这样一个事实：从接触"如画"美学起，奥斯丁就始终对吉尔品的美学原则有着清醒的判断和深刻的反思。因此，在她青年时代创作的三本小说中，这样的例子同样不胜枚举。这将是我们下一小节的议题。

第三节　美学批判还是阶级批判

在编辑《关于作者的生平札记》一文时，苏珊·弗雷曼（Susan Fraiman）在脚注中这样说道："奥斯丁或许真的对吉尔品的'如画'美学颇为欣赏，但这并不妨碍她嘲笑后者对自然矫揉造作的态度（mannered relation to nature）。"[3] 弗雷曼所说的"矫揉造作"在此处有两个意思：（1）在技术层面，它表示艺术家再现自然时对自然的刻意修改与纠正；（2）在审美层面，它表示艺术家对自然真实的刻意回避。这两个方面密切相关。作为一种错

---

[1] Henry Austen, "Biographical Notice of the Author", *Northanger Abbey*, Ed. Susan Fraiman, New York: W. W. Norton MYM Company, Inc., 2004, p.194.
[2] Ibid.
[3] Ibid.

误的自然审美观，后者决定了前者在技术层面的墨守成规。可以说，奥斯丁正是从上述两个方面回应了众多批评家对吉尔品"如画"美学的争议。

首先，对于吉尔品过度僵化、呆板的"如画"法则，奥斯丁并不认同，她甚至会时不时借小说中人物的口吻"打趣"一番。

例如，在《傲慢与偏见》中，当伊莉莎白婉言拒绝和宾利姐妹及达西先生一起散步时，她开玩笑说："你们三个走在一起非常好看，优雅极了。加上第四个人，画面就给破坏了。"① 为什么加上"第四个人"，画面就会被破坏呢？这其实和吉尔品的"如画"法则相关。吉尔品曾指出，为了获得"优美"的画面效果，"当牛出现在画中时，它们一定得是三群或五群，而绝不能是四群"②。让人啼笑皆非的是，吉尔品谈的是"牛"，而伊莉莎白说的却是"人"。将"人"比作"牛"，打趣之余，讽刺之意不言自明。

同样，对吉尔品"如画"美学中的"废墟"情结③，奥斯丁也在《诺桑觉寺》一书中借凯瑟琳这一角色提出了异议。

---

① ［英］简·奥斯汀：《傲慢与偏见》，孙致礼译，译林出版社1993年版，第51页。

② 转引自［英］玛吉·莱恩《简·奥斯汀的世界——英国最受欢迎的作家的生活和时代》，郭静译，海南出版社2004年版，第164页。

③ 事实上，吉尔品的"废墟"情结和埃德蒙·伯克（Edmund Burke, 1729—1797）的"崇高论"（the Sublime）及18世纪的"哥特复兴"不无关系。伯克认为，如果说"优美"（the Beautiful）代表的是愉悦、平滑顺畅和人迹所至之处，那么"崇高"（或者说"壮美"，the Sublime）则表示恐惧、崎岖不平和宏伟巨大。随后，吉尔品进一步发展了伯克的理论，认为"崇高"所带来的"壮美"也是"如画"效果的来源之一，而观者的"崇高感"则来自"废墟"虽激发的雄伟感和荒凉感。因此，与"哥特复兴"（Gothic Revival）的推崇者一样，吉尔品对中世纪，尤其是中世纪废墟有着强烈的迷恋，并使"哥特式废墟"成为"如画"效果的重要构成因素。《诺桑觉寺》中凯瑟琳对古堡、寺庙和古建筑遗迹的想象恰恰体现了以吉尔品为代表的这种美学假想。

我们在前文中就曾提到，吉尔品认为，凋敝破败的寺庙与城堡会增加"如画"的画面效果。在他看来，探寻"如画"美景的眼睛总是更偏好那些优雅的古建筑遗迹、废弃的塔、哥特式拱门、城堡的遗址和寺庙。经过岁月的洗礼，这些建筑、废墟变得像自然一样值得崇敬①。然而，吉尔品的美学原则就好像是一成不变的"菜谱"。其中，寺庙、城堡与废墟成了必不可少的"调味剂"。因此，我们可以揣测，熟识"如画"美学的奥斯丁有意将凯瑟琳想象中的诺桑觉寺描述成"优雅的古建筑遗迹"，并让凯瑟琳带着一种几近崇敬的心情，"肃穆地期待"着能在一片老槲树林间看见她想象中的哥特式废墟②。然而，事与愿违。当凯瑟琳到达诺桑觉寺后，她却发现：

> 这座建筑非常低，当她穿过号房的大门，进入诺桑觉寺庭园以后，连一个古老的烟囱也没看见。……走过那个新式的号房以后，随随便便就来到寺院的领域，在那个光滑平坦的细沙路上赶着车飞跑，也没遇见个障碍物或是吓人的事，连一件令人肃然起敬的东西（solemnity）都没有遇上。③

显然，现实中的诺桑觉寺与凯瑟琳的想象形成了强烈的反差。换言之，当读者翘首以待时，奥斯丁却笔锋一转，让与凯瑟琳有着同样美学期待的读者也大失所望。可以说，凯瑟琳前后的

---

① William Gilpin, "On Picturesque Beauty" (http://www.ualberta.ca/~dmiall/Travel/gilpine2.htm).
② [英] 简·奥斯汀：《诺桑觉寺》，麻乔志译，重庆出版社 2008 年版，第 143 页。
③ 同上。

情绪变化在构成叙事张力的同时，也从技术层面巧妙地解构了吉尔品这张一成不变的"如画"菜谱。

事实上，早在《理智与情感》一书中，奥斯丁就对"如画"美学的僵化、死板和泛滥直接提出了质疑。如在第十八章中，爱德华和埃莉诺、玛丽安两姐妹讨论了是否该用"如画"美学的眼光来审视自然美景。现援引原文如下：

> 爱德华回来时，对周围环境又说了些赞美的话……这个话题当然引起玛丽安的关心，她开始描述自己怎样喜爱这些景色，并且仔细询问他特别看中哪些地方，爱德华却打断了她，说："你别问得太多啦，玛丽安，你晓得我对欣赏风景完全是外行（I have no knowledge in the picturesque），如果你寻根问底，我的无知和缺乏欣赏力就会让你生气。说山，该说险峻，我却说陡峭；说地，该说崎岖不平，我却说陌生而荒僻；远处景物只该说轻雾缭绕，朦胧隐现，我却说看不见。我只能这样赞美风景，实话实说，你可别见怪。我说这块地方很好，山是陡峭的，林子里好像有不少好木材，山谷看起来舒适惬意，繁茂的草场和几座整洁的农舍分布在各处，这正是我理想中的好地方，因为又美又实用。而且我敢说，这一定是个美景如画（a picturesque one）的好地方，因为连你都赞美它；我当然相信这里准有很多巉岩、山岬、苍苔、灌木丛，可是这些我都没有在意，我对美景是一窍不通的呀（I know nothing of the picturesque）。"[①]

---

① [英]简·奥斯汀：《理智与情感》，武崇汉译，上海译文出版社2008年版，第95—96页。

上述引文中,爱德华讲到了"险峻"、"崎岖不平"、"巉岩、山岬、苍苔、灌木丛"和"轻雾缭绕,朦胧隐现"的"远景"这些人们熟知的"如画"术语。可见,爱德华对吉尔品的"如画"准则并不陌生,然而,他却反复表示他"对美景是一窍不通"。那么,一个对美景"一窍不通"的人又如何会对吉尔品的"如画"术语朗朗上口呢?

正当读者百思不得其解时,奥斯丁通过爱德华的申辩指出:后者所真正不能理解的并不是"如画"的美景,而是"如画"美学所体现的自然审美观:

爱德华说,"……我是喜欢好风景的,只不过并不是根据什么美的原则。我不喜欢弯曲歪扭的枯树。如果树长得高直繁茂,我会觉得更好。我不喜欢东倒西歪要倒塌(ruined and tatted)的茅舍。我不喜欢荨麻、蓟草或是草原野花。一所舒适的农舍比一座古堡的瞭望塔更中我意,而一群整洁快活的村民比世上最漂亮的一帮绿林好汉更顺眼。"①

我们知道,"枯树"、废墟般的茅舍、"古堡的瞭望塔"、"荨麻、蓟草或是草原野花",这些美学元素都是吉尔品的"菜谱"中不可或缺的元素,然而,从精神层面看,这些美学元素却将人类的视角强加于自然之上,使观者不由自主地在审美过程中对自然本来的面目视而不见。换句话说,"为了集中呈现'如画'般

---

① [英]简·奥斯汀:《理智与情感》,武崇汉译,上海译文出版社2008年版,第96页。

的场景，吉尔品避免了真实的介入"①。

其实，上述错误的自然审美观与古典"如画"美学的哲学基础有关。众所周知，吉尔品的"如画"美学以亚里士多德的自然哲学为理论基础。亚里士多德认为："在自然界看似随意的表象之下，蕴含着神圣的核心和形式，只是因为各种'偶然性'，而使得自然界的具体事物对这一核心产生了一定的偏差。所以，画家要做的，不是为了再现自然的本来面貌，而是为了表现如下情形：如果自然能完全自由并充分地展现自己的话，她应该会是什么样的面貌。"② 换句话说，画家要做的是根据自己的想象，通过组合风景的方式去"纠正"自然环境中的"偏差"，使人工化后的"自然"呈现出理想状态。正是在这种认知的前提下，画家有权利将高直茂密的树画得曲扭，将舒适的农舍变得东倒西歪。

基于对上述自然观的反思，爱德华对"如画"美学本末倒置的行为嗤之以鼻。事实上，正如爱德华所说，风景的美并不是因为它遵循了"什么美的原则"，恰恰相反，风景的美源自风景的本体存在。因此，舒适的农舍要比古堡的瞭望塔更合人心意，而整洁快活的村民则要比世上最漂亮的绿林好汉来得更顺眼。可以说，通过爱德华和玛丽安的争论，奥斯丁的意图不言自明。在她看来，真实的自然要远胜于矫揉造作的自然；而真实的生活美学则要远远高于虚假的"如画"美学。

其实，让爱德华更不能理解的是"如画"美学对土地实用功能的漠视。在他看来，理想的好地方应该是"又美又实用"的。

---

① Jonathan Bate, *The Song of the Earth*, London: Picador, 2001, p.135.
② 戴小蛮：《风景如画——"如画"的观念与十九世纪英国水彩风景画》，湖南人民出版社2008年版，第33页。

这显然代表了部分城市中产阶层的心声。我们知道，在英国进入工业化进程和城市化进程后，对"土地"的控制渐渐让位于对"资本"的控制，而"不实用"的土地是无法转化为"资本"的。因此，当贵族阶层日益失去了对"土地"的控制权时，他们希望通过改良古典美学来延续对"土地"的美学控制。出于上述原因，吉尔平的"如画"准则虽然代表了绝大部分中产阶层的旨趣，却依然获得了贵族阶层的青睐。换句话说，"如画"美学巧妙地将两个阶层结合在了一起。正如丹尼斯·卡斯格拉夫（Denis E. Cosgrove）所说："不能否认的是，与土地密切相关的社会阶层还保留着旧有的态度。在英国，旧有的土地阶层与新兴富有阶层获得了成功的结合。这一结合恰恰确保了他们的文化优势与政治优势"。而"如画"美学则是获得上述优势的手段之一[①]。事实上，深受"如画"美学影响的玛丽安显然对"土地"采取了蒂尼兄妹这一阶层的态度。因此，在奥斯丁笔下，爱德华和玛丽安的争论富有深意。它不仅揭示了"如画"美学背后错误的自然审美观，而且象征着城市中产阶层与贵族阶层基于"土地"控制权的争夺、对峙与联合。从这个意义上来讲，奥斯丁对"如画"美学的反思不只是美学反思，更是关于阶级话语权的反思。

如上所述，奥斯丁对吉尔品的"如画"美学有着复杂的情愫。她显然被当时风行一时的"如画"美学所吸引。不难看出，吉尔品的"如画"准则赋予了她一种观察自然的方式，并成为其构建主人公阶级趣味和阶级特征的叙述手段。因此，在小说创作中，她巧妙地运用了"如画"美学的视角来再现英格兰的乡村美景，并以此体

---

① Denis E. Cosgrove, *Social Formation and Symbolic Landscape*, Totowa, NJ: Barnes and Noble, 1984, p. 236.

现其笔下人物的阶级趣味。如果脱离了奥斯丁本人对"如画"美学的认知，我们很难理解蒂尼兄妹与凯瑟琳在山毛榉崖上的对话，以及伊莉莎白在寻访彭伯利庄园前后情感变化的真正原因。可以说，作为一种"阶级话语"，奥斯丁笔下的"如画"美学体现了"风景"本身的社会属性。因为，风景实际上是一种带有社会意识形态的观念。它所再现的是"具有一定阶级属性的人如何通过想象自身与自然之间的关系，显现自我及其世界，并通过上述方式，凸显、传达自己与他人相对于外部自然的社会地位"①。

然而，不无悖论的是，奥斯丁始终对吉尔品式"如画"美学的迂腐和虚假心存疑惑，行文间总不忘戏谑一番，并且乐在其中。虽然伊莉莎白的"打趣"、凯瑟琳的"失望"与爱德华的"申辩"于情节的发展关系不大，却时时回响着奥斯丁对"如画"美学的反思。尤其是爱德华的"申辩"，言谈之中，奥斯丁再次使读者意识到了"如画"美学背后的阶级深意。

可以说，奥斯丁从未被动地接受当时红极一时的"如画"美学。拿玛吉·莱恩的话来说，奥斯丁虽然很欣赏吉尔品的"如画"美学，但是"她并非完全同意他的观点，她从未停止用批判的眼光来看吉尔品的观点"②。这种批判不仅是美学批判，也是一种阶级批判。或许，正因为此，奥斯丁才被亨利称为"热情而又明智、谨慎"的风景爱好者。可见，奥斯丁对"如画"美学的接受恰巧印证了这种"理智"与"情感"之间的平衡。这对于我们进一步理解奥斯丁作品中的自然描写乃至于其作品的要旨都有一定的借鉴意义。

---

① Denis E. Cosgrove, *Social Formation and Symbolic Landscape*, Totowa, NJ: Barnes and Noble, 1984, p. 15.

② [英]玛吉·莱恩：《简·奥斯汀的世界——英国最受欢迎的作家的生活和时代》，郭静译，海南出版社 2004 年版，第 165 页。

第六章

"如画"的趣味

——19世纪英国旅行者笔下的风景

戴维·沃特金（David Watkin）曾指出，从18世纪后半期到维多利亚时期，"如画"美学（the Picturesque）已经演变为一种普遍的观看模式[1]。确实，如画美学不仅象征着"英式趣味"，而且是英国人区分其殖民地、定义其民族性的有效策略。如果我们细读19世纪英国旅行者的美国游记，就会发现，这些旅行者笔下的美国形象不乏"如画"特性。推敲起来，在这些来自前宗主国的旅行者眼里，美国相比其他殖民地，与英国有更多相似之处。因此，它的"相似之处"也更能激发旅行者与众不同的情感回馈。"似"与"不似"之间，"如画"美学背后的帝国心理不言自明。

然而，更值得推敲的是，上述帝国叙事显然有别于19世纪

---

[1] David Watkin, *The English Version: The Picturesque in Architecture, Landscape, and Garden Design*, New York: Harper and Row, 1982, pp. 204–216.

英国旅行者对其本土景色的"如画"描写。如果说前者以"如画"趣味来否定,改造并重新定义域外风景的话,后者则更为强调并肯定本土风景的独特性。究其原因,上述差别与"如画"美学的中产阶级特性休戚相关。正如陈晓辉在《论西方"风景如画"的意识形态维度》一文中所说,威廉·吉尔平提出的"如画"概念,有艺术和政治的双重原因①。可见,"如画"的趣味代表了一种中产阶级的立场和旨趣,是其成员有效区分"他者",构建"自我"的政治策略。只不过,在这里,"他者"不仅仅指以美国风景为代表的殖民地,也暗含了有别于中产阶级的其他阶层。此处,让我们跟随着这些英国旅行者,先将目光投向19世纪的美国。

第一节 "如画"趣味与帝国叙事

"如画"美学来自18世纪英国贵族的海外游历风尚(Grand Tour)。根据爱德蒙·伯克(Edmund Burke)在《关于优美与壮美概念起源的哲学探索》(*A Philosophical Enquiry into the Origin of Our Ideas of the Sublime and Beautiful*,1759)一书中的分类,观赏者大致遵循"优美"(the Beautiful)与"崇高"(或称"壮美",the Sublime)两种风格来欣赏景色。到18世纪末期,虽然威廉·吉尔平(William Gilpin)首次提出"如画"一词,并主张以此消

---

① 陈晓辉:《论西方"风景如画"的意识形态维度》,《东南大学学报》(哲学社会科学版)2013年第1期。

解"优美"和"崇高"之间的二元对立[①]，但大多数海外旅行者仍倾向单独以"优美"或者"崇高"来描述欣赏对象的"如画"性。因此，在19世纪英国旅行者的"如画"描述中，美国既有着"如家"般的"优美"，也不乏"非家"般的"崇高"，但在美国大陆迅速得到欣赏并被称为"如画"美景的往往是前者[②]。究其原因，"优美"往往是平滑（smooth）、优雅（polished）和悦人（pleasing）的[③]。除此之外，"优美"会"激发内心的柔情和爱意，令观赏者愿意和它建立亲密的关系"[④]。而"亲密感"、"友好舒适感"、"安全感"、"欢乐"和"愉悦"则恰恰是"如家"（homely）的感觉[⑤]。因此，"优美"与"家"在情感上颇有异曲同工之处。正因为此，寻找"相似性"成为英国旅行者们描述"如画"美景时的固定叙事模式。

例如，19世纪初，约翰·兰伯特（John Lambert）在游记中回忆了他搭乘马车从波士顿前往纽约时的感受："我途经了这个

[①] 与伯克不同的是，威廉·吉尔平认为"如画"的风景应该是介于"优美"与"壮美"之间的，或者说，兼具"优美"与"壮美"的特点。关于吉尔平的论述，详见其发表与1770到1776年之间的《观察》（*Observations*）系列论述，还有发表于1794年的《论"如画"美学，"如画"旅行和风景画创作》一书（*Three Essays: On Picturesque; on Picturesque Travel; and on Sketching Landscape*, London: R. Blamire in the Strand）。

[②] Christopher Mulvey, *Anglo-American Landscapes: A Study of Nineteenth Century Anglo-American Travel Literature*, Cambridge: Press Syndicate of the University of Cambridge, 1983, p. 173.

[③] Qtd. in Andrew Ashfield and Peter de Bolla, *The Sublime: A Reader in British Eighteenth-Century Aesthetic Theory*, Cambridge: Press Syndicate of the University of Cambridge, 1983, p. 140.

[④] Edmund Burke, *A Philosophical Enquiry into the Origin of Our Ideas of the Sublime and Beautiful*, Fourth Edition, London: R. and J. Dodsley in Pall-mall, 1764, p. 67.

[⑤] Sigmund Freud, "The Uncanny", *The Critical Tradition: Classic Texts and Contemporary Trends*, Third Edition, Ed. David H. Richter, Boston: Bedford/St. Martin's, 2007, p. 516.

国家最美丽的道路,沿途各种优美的风景层出不穷,不由人不想起英格兰来。"① 同样,诗人阿瑟·克勒夫(Arthur Clough)也将波士顿形容为"还算过得去的英国小镇"②。除去上述这些"还算过得去"的英式城市外,哈德逊河流域和密西西比河上游③也总被英国旅行者视为"优美"的代表。面对哈迪逊河流,遥远的苏格兰高地立刻跃入他们的脑海。由此而生的亲近感让前者顺理成章地被贴上"优美"的标签④。范妮·肯布尔(Fanny Kemble,又名 Frances Anne Kemble)的游记就是最好的例子。游记第一卷充满着对哈迪逊高地"优美"景色的描写。在她看来,河岸线的每一次转弯都是如此"精致","一切都是如此优美,如此明亮"⑤。正因为此,她对美国人在如此"可爱"的景色面前无动于衷表示不可理解:"他们的漠不关心让人震惊和迷惑。因为,任何生物,哪怕只有半颗心,都会以仰慕之情来看待这些景色。"⑥ "明亮"、"精致"、"可爱"这些词都与伯克所说的"优雅"和"悦人"相对应。不难揣测,在肯布尔赞美哈迪逊高地之

---

① John Lambert, *Travels through Canada and the United States of North America in the Years 1806, 1807, and 1808*, Vol. 2, London: Baldwin, Cradock & Joy, 1816, p. 316.

② Arthur Hugh Clough, *Prose Remains of Arthur Hugh Clough: With a Selection from His Letters and a Memoir*, Ed. Blanche Clough, London: Macmillan, 1888, p. 190.

③ 密西西比河上、下游的景色截然不同,上游景色较为乏味,而下游则显壮观。因此,在 18、19 世纪的游记中,上游通常被归为"优美"的风景,而下游则是"壮美"的风景。关于上述论点,请参见克里斯托弗·穆尔维(Christopher Mulvey)的《英美风景:19 世纪英美旅游文学研究》一书(*Anglo-American Landscapes: A Study of Nineteenth-Century Anglo-American Travel Literature*, Cambridge: Press Syndicate of the University of Cambridge, 1983)。

④ Christopher Mulvey, *Anglo-American Landscapes: A Study of Nineteenth Century Anglo-American Travel Literature*, Cambridge: Press Syndicate of the University of Cambridge, 1983, p. 182.

⑤ Fanny Kemble, *Fanny Kemble: the American Journals*, Ed. Mavor Elizabeth, London: Weidenfeld and Nicolson, 1990, p. 157.

⑥ Fanny Kemble, *Journal*, Vol. 2, London: Murray, 1835, p. 256.

时,她的脑子里盘旋着的是英伦半岛上的种种"如画"美景。

关于这一点,安东尼·特罗洛普(Anthony Trollope)说得更为直白——他在游记中提到,与美国的其他风景相比,密西西比河上游与哈德逊河流接近西点一带的风景要更为"优美"和"好"一点,因为它们是典型的"英式风景"①。因此,他将密西西比河上游称为他所见到过的"最美好"的风景,并讲道:"谈到优美,人们自然会提起莱茵河,但就我对'优美'的理解来看,莱茵河根本无法与密西西比河相提并论。"② 对此,克里斯托弗·穆尔维(Christopher Mulvey)不无反讽地说:

> 看来特罗洛普真的在密西西比河上游一带找到了浪漫风景的所有元素。他将河流两岸的断崖看作城堡,城堡下临清澈的河水,沿途是零星的土地和一丛丛的树林。一切又凑巧加上了秋色的晕染,因此,从拉克罗(La Crosse)北部到圣保罗(St Paul)一带看起来就好像英格兰的围场(parkland)。而在特罗洛普和其他英国旅行者眼中,英格兰的围场实在是最完美不过的风景了。③

---

① Anthony Trollope, *North America*, Eds. Donald Smalley and Bradford Allen Booth, New York: Knopf, 1951, pp. 173 - 4.
② Ibid., p. 143.
③ 事实上,我们不难发现,当安东尼·特罗洛普在描述密西西比河上游的风景时,他所使用的正是吉尔平的"如画语言"。因为,在吉尔平看来,石头必须与树林、水、断断续续的土地连在一起才能构成具有趣味的优美景色。可见,Anthony Trollope 所说的"优美"也只是代表"英式趣味"的"优美"。详见吉尔平的《论"如画"美学,"如画"旅行和风景画创作》一文(*Three Essays: On Picturesque; on Picturesque Travel; and on Sketching Landscape*, London: R. Blamire in the Strand)。此处,克里斯托弗·穆尔维的话引自《英美风景:19世纪英美旅游文学研究》一书(*Anglo-American Landscapes: A Study of Nineteenth-Century Anglo-American Travel Literature*, Cambridge: Press Syndicate of the University of Cambridge, 1983, pp. 222 - 223)。

确实，无论是特罗洛普还是范妮·肯布尔，当这些英国旅行者在描述前殖民地的"优美"之时，脑海中念念不忘的仍是英式风景与英式趣味。表面看来，"异乡"与"故乡"的种种相似之处背后是多愁善感的思乡情绪。然而深究之下，我们不能否认，通过以"如画"视角来评价景色，观景者很容易将景色据为己有，并在异国的土地上进一步定位"英国性"。正因为此，雷蒙德·威廉斯直言不讳地将"如画"美学比作"圈地"运动①。

然而，"圈地"两字不足以完整地说明19世纪英国旅行者笔下的"如画"描述。事实上，当他们无法用"英格兰的优美"圈住美国风光之时，当面对与"故乡"迥然相异的"崇高"风景之时，这些旅行者的心态在错愕之余发生了巨大变化。简而言之，他们更希望通过"如画"视角来"改造"让他们心有余悸的美国风景。这就是我们所说的"帝国的崇高"（imperial sublime）。

"帝国的崇高"这一说法来自纳亚尔（Pramod K. Nayar）的分析。在他看来，殖民旅行者在面对崇高险峻的异国景色时，心理必然会经历三个阶段：首先，由于景色产生的错位感和恐惧感，因此，他们寻求自我保护；其次，旅行者试图通过赋予景色某种意义来对抗景色产生的威胁感，并在意识形态领域改造景色，实现自我肯定；最后，通过自我保护与自我肯定，旅行者恢复了与风景之间的平衡②。由于这样的心理过程往往伴随着殖民者的崇高体验出现，又以崇高体验的被克服为结束，因此，我们将其称为"帝国的崇高"。那么，为什么殖民者在面对壮美的景

---

① Raymond Williams, *The Country and the City*, New York：Oxford University Press，1973，p. 124.

② Pramod K. Nayar, *English Writing and India*，1600—1920：*Colonizing Aesthetics*，London：Routledge，2008，p. 65.

色时会产生"崇高"体验呢?

我们首先来看一下伯克对"崇高"的定义。在他看来,"任何能激起痛苦感、危险感,或者说引发可怕感的事物,……都是'崇高'体验的来源。"[1] 因此,"恐惧是'崇高'的主要来源,无论它是显而易见的,还是暗藏不露的"[2]。除此之外,"崇高"还激发"模糊、晦涩"感(Obscurity),包含"黑暗、不确定、困惑、可怕"等负面元素[3]。表面看来,"崇高"似乎是一种"负面美学"。然而,不能否认的是,从朗吉努斯(Longinus)的《论崇高》(On the Sublime)开始,"崇高"就具有净化心灵的正面效应。因此,伯克在论述了种种能激发崇高的原因之后,明确指出"'崇高'所引发的最强烈情感即震惊(astonishment),次之为仰慕(admiration)、崇敬(reverence)与尊敬(respect)"[4]。但是,当崇高美学进入殖民者的视野以后,它的负面含义被一再扩大。"崇高"被殖民者用来形容面对难以驯服的异族或者在异国面对无法驯服、辨认的自然景观时所产生的抵触情绪。例如,最初到达印度的英国人在面对浩大、丰富、繁茂且无法归类的风景时,他们的主要情感体验即惊奇、恐惧和嫌恶[5]。与此类似的是,当这些在前殖民旅游的英国旅行者面对尼亚加拉瀑布(Niagara)和密西西比河下游等崇峻的风景之时,害怕、恐惧和沮丧等负面情绪同样挥之不去。

---

[1] Edmund Burke, *A Philosophical Enquiry into the Origin of Our Ideas of the Sublime and Beautiful*, Fourth Edition, London: R. and J. Dodsley in Pall-mall, 1764, p. 58.
[2] Ibid., p. 97.
[3] Ibid., pp. 99 – 100.
[4] Ibid., p. 96.
[5] 张德明:《英国旅行文学与现代"情感结构"的形成》,《浙江大学学报》(社会科学版)2011年第2期总第41卷。

首先让他们感到沮丧的是语言的匮乏。穆尔维教授指出，大多数游记作家到达尼亚加拉瀑布后，在激动、满足之外，颇感灰心丧气，因为景色的崇峻挑战了他们的描述能力①。因此，当范妮·肯布尔回忆她战战兢兢、脚步笨拙地靠近急速奔流的瀑布之时，她只写了一句话："我看到了尼亚加拉瀑布。上帝哪！谁能描述这般景色呢？"② 随后，关于瀑布的描写到此戛然而止。在狄更斯看来，这样的"失语"要远胜游客们难以胜任的胡言乱语③，虽然后者也不失为"失语症"的一种表现。如若探究上述"失语"的原因，景色本身的崇峻自然不可否认，但是，此类"浩大"且"无法归类"的风景所激发的挫败感同样不容忽视。正因为此，当旅行者失去了对景色的描述能力之时，无力感和失控感油然而生。也正因为如此，在他们笔下，原本崇峻的风景被人为地"改造"成了"危险"和"阴沉"的景色。

例如，弗朗西丝·特罗洛普（安东尼·特罗洛普的母亲，Frances Trollope）在游记中这样写道："它（尼亚加拉瀑布）的周边总是弥漫着一股神秘感，无论是眼睛还是想象都无法穿透。我不敢持久地凝视它，因为它如此危险，你无法记录由它引起的感受，任何上述尝试都是徒劳的。"④ 特罗洛普夫人感受到的"恐惧"同样出现在汉密尔顿关于密西西比河下游的描述中。他这样写道：

---

① Christopher Mulvey, *Anglo-American Landscapes*: *A Study of Nineteenth-Century Anglo-American Travel Literature*, Cambridge: Press Syndicate of the University of Cambridge, 1983, p. 195.

② Fanny Kemble, *Journal*, Vol. 2, London: Murray, 1835, pp. 286-7.

③ Christopher Mulvey, *Anglo-American Landscapes*: *A Study of Nineteenth-Century Anglo-American Travel Literature*, Cambridge: Press Syndicate of the University of Cambridge, 1983, p. 192.

④ Frances Trollope, *Domestics Manners of the Americans*, London: Whittaker, Treacher; New York: reprinted for the Booksellers, 1832, p. 303.

> 密西西比河的最大特点就是那种庄严的阴郁。……我登过阿尔卑斯山（the Alp），也穿越过亚平宁山脉（the Appenine），但直到我置身于这片水域之上，随着游船穿越荒芜和无人居住的地方之时，我才知道，自然原来如此可怕。我们的船只就像荒野中的妖怪，胸膛中燃烧着熊熊大火，鼻孔中则喷出遮天盖日的烟雾，笼罩了整一片永恒的森林。①

事实上，面对同样的景色，连狄更斯的反应也是消极的。在1842年写给福斯特（John Forster）的信中，他屡次将密西西比河流比作是"最野兽般"（the beastliest river），"让人厌恶"的河流，并声称："感谢上帝，除非在噩梦中，否则我再不想看见它。"②

显然，上述恐惧与挫败感与纳亚尔教授所说的第一阶段相对应。换句话说，由于景色产生的"错位感"，旅行者们"自我保护"的冲动油然而生。基于上述考虑，他们迅速赋予景色"阴郁"、"可怕"等消极意义，并将其等同于"混乱"、"无序"的美国形象，以此为自己的改造欲望埋下了伏笔。事实上，在很多19世纪英国人看来，美国确实如同它的景色一样荒蛮、无序，有待整顿。例如，皮特·康拉德（Peter Conrad）就曾借阿诺德之口如此评价道：

> 在马修·阿诺德看来，一个文明的社会往往有一个中心。城市的种种规范限制着各个地区，艺术家们以派系为分围绕在中心四周。但是，美国却没有中心，它是各种相异的

---

① Thomas Hamilton, *Men and Manners in America: By the Author of Cyril Thornton*, etc., Vol. 2, Edinburgh: Blackwood, 1883, pp. 192–194.

② Charles Dickens, *The Letters of Charles Dickens*, Vol. 3, Ed. Madeline House, Graham Storey and Kathleen Tillotson, Oxford: Clarendon Press, 1974, pp. 192–202.

现实构成的混乱。与阿诺德所崇拜的任何一个欧洲国家都不一样,它并不是一个封闭的,有向心力(凝聚力)的社会。①

如此看来,无论是对美国的景色还是对美国本身,"改造"不可避免,请景色"入画"势在必行。

事实上,通过分析,我们发现,19世纪英国旅行者笔下的美国形象基本呈现出两种趋势:"优美"的英式风景和可怕、无序的"崇高"风景。无论哪一种景色描写,它们背后都隐含着将美国视为"他者",并框入英式风景画的冲动。可以说,"入画"是"如画"的关键所在。尤其对在前殖民地旅行的英国人来说,美国风景引起的感受则更为复杂。一方面,美国的独立让他们怅然若失。通过描述与英国相似的"优美"风景,他们下意识地将"英国性"重新植入前殖民地。从这个意义上来讲,旅行者对"如家"般的优美风景的描述也是一种"帝国的优美",它旨在通过"吸纳"(inclusion)和"认同"(identification)来控制土地。另一方面,相异的美国风景还激发了他们的恐惧与无助。当他们以"崇高"来描述这种"错位"的感觉之时,他们实际上将美国纳入了"无序"与"混乱"之列,并试图重新改造、控制前殖民地。可见,对大多数帝国旅行者来说,"如画"的趣味并非单纯的美学凝视。反之,它意味着将景观"他者化",并在此基础上进一步控制、改造景观的过程,而上述过程也是——种自我定义的过程。正如霍米·巴巴所说,每个国家都是一个拥有两双眼睛的人,因此当它们在定义自己的时候,总是同时向内和向外"凝视"②。有意思的是,

---

① Peter Conrad, *Mapping English*, New York: Oxford University Press, 1980, p. 4.
② Homi K. Bhabha, *Nation and Narration*, New York: Routledge, 1990, p. 2.

虽然这些英国旅行者都喜爱采用"如画"视角,但他们向内和向外"凝视"的方法却不尽相同,随之产生的"如画"叙事也大为不同。

第二节 "如画"趣味与阶级叙事

从18世纪末期到19世纪初,由于受法国大革命和拿破仑战争的影响,贵族式的海外游历难以成行,取而代之的是英国旅行者对国内风景的青睐。当然,英国国内公路和铁路系统的改善也对上述"如画游"起到了推波助澜的作用。因此,英格兰群山起伏的北部乡村及湖区、苏格兰高地和北威尔士开始相继成为"如画"旅行者的目的地。更重要的是,威廉·吉尔平的游记系列①,

---

① 从1782年到1809年,威廉·吉尔平相继出版了8本游记,内容皆为如何以"如画"原则来欣赏英国本土的景色。具体书目如下:*Observations on the River Wye, and several parts of South Wales, etc. relative chiefly to picturesque beauty; made in the summer of the year* 1770（1782）; *Observations, relative chiefly to picturesque beauty, made in the year 1772, on several parts of England; particularly the mountains, and lakes of Cumberland, and Westmoreland*（1786）; *Observations, relative chiefly to picturesque beauty, made in the year 1776, on several parts of Great Britain; particularly the High-lands of Scotland*（1789）; *Remarks on forest scenery, and other woodland views (relative chiefly to picturesque beauty), illustrated by the scenes of New Forest in Hampshire*（1791）; *Three essays: on picturesque beauty; on picturesque travel; and on sketching landscape: to which is added a poem, On landscape painting*（1792）; *Observations on the Western parts of England, relative chiefly to picturesque beauty; to which are added a few remarks on the picturesque beauties of the Isle of Wight*（1798）; *Observations on the coasts of Hampshire, Sussex, and Kent, relative chiefly to picturesque beauty, relative to Picturesque Beauty, made in the Summer of the year 1774*（1804）; *Observations on several parts of the counties of Cambridge, Norfolk, Suffolk, and Essex. Also on several parts of North Wales, relative to picturesque beauty in two tours, the former made in 1769, the latter in 1773*（1809）。

对普及中产阶级如画美学起到了关键作用。正如华兹华斯的《湖区指南》(*Guide to the Lakes*) 一样,吉尔平游记所倡导的美学也同样旨在培养"有趣味的人"。对此,他直言不讳:"对于有趣味的人来说,难道追寻自然美不比猎人追逐小动物来得更为有趣吗?"① 在《威河游记》一书中,他进一步指出,"如画"趣味能帮助英国人学会如何考察和认识自己的国家②。可见,在吉尔平这里,一个"有趣味的人"必深谙英国之民族性。因此,"如画"叙事不应止步于对贵族式古典趣味的机械模仿,相反,它应有别于欧式趣味,并彰显出独特的英国性。

吉尔平的《威河游记》就是对上述观点的绝好阐释。在吉尔平的引导下,我们沿着威河,时而漫步,时而搭船,又时而驻足观望。走走停停之际,屡次听到其对景色的"多变性"(variety)和"不规则性"(irregularity)的强调。例如,在将威河两岸的风景形容为"连续不断的'如画'美景"(a succession of the most picturesque scenes)时,他指出这种"美"来自以下两个方面:巍峨高耸的河岸以及迷宫般蜿蜒曲折的河道。尤其是后者的"不规则性",赋予了景色"无穷"的变化(infinitely varied),令威河风光别具特色(a different character)③。同样,在描述威河边的教堂(Rure-dean-church)时,他不由地感叹自然的鬼斧神工,并讲道:"我们仰慕自然的变化无穷。她的每一处变化造就了地貌

---

① Qtd. in Malcolm Andrews, *The Search for the Picturesque*: *Landscape Aesthetics and Tourism in Britain*, 1760—1800, Aldershot: Scolar, 1990, pp. 67 – 68.

② William Gilpin, *Observations on the River Wye*, *and Several Parts of South Wales*, & *Relatively Chiefly to Picturesque Beauty*; *Made in the Summer of the Year* 1770, Second Edition, London: printed for R. Blamire, 1792, p. 1.

③ Ibid., pp. 17 – 19.

的凹凸有致，并定义了景色的森罗万象"。① 有鉴于此，吉尔平建议画家们切莫因循古典美学的条框束缚，而应走向自然，模仿自然，因为只有"千变万化"的自然才会帮助他形成独属于自己的风格②。这种对"变化"、"不规则性"的推崇显然有别于以柏拉图和奥古斯丁为代表的古典美学观。后者认为，美应讲究秩序、对称、均匀感、明晰度与整一性（uniformity）。

事实上，这种对古典美学趣味的修正始于埃德蒙·伯克。在《关于我们崇高与美观念之根源的哲学探索》（*A Philosophical Enquiry into the Origin of Our Ideas of the Sublime and Beautiful*）一书中，伯克强调了对"美"的经验主义式探索，即强调美学主体对客体各不相同的心理体验。詹姆斯·T. 博尔顿（James T. Boulton）指出，上述对感官"相异性"的重视使得伯克重新思考自中世纪以来的古典美学传统，并将"恐惧"、"无限性"、"巨大"、"含混"、"无序"、"突兀"（sudden）、"间断"（intermitting）等概念引入到对"美"的探讨之中（本章第一部分已通过对英国作家访美游记的分析讨论了伯克美学体系中的上述概念)③。在"美"这一章节中，他更是以植物、动物和人为例，指出古典主义美学奉为圭臬的"比例"（proportion）、"合适"（fitness）和"完美"（perfection）都是"理性"传统的产物，其结果不一定是"美"。有意思的事，英国早期的旅行者似乎并不

---

① William Gilpin, *Observations on the River Wye, and Several Parts of South Wales, & Relatively Chiefly to Picturesque Beauty; Made in the Summer of the Year 1770*, Second Edition, London: printed for R. Blamire, 1792, p. 34.
② Ibid., pp. 34 – 35.
③ James T. Boulton, "Editor's Preface", *A Philosophical Enquiry into the Origin of Our Ideas of the Sublime and Beautiful*, London: University of Notre, Dame Press, 1968, p. ivii.

知道以"壮美"来感知风景。对此,华兹华斯给出了一个包括伯内特主教(Bishop Burnet)、托马斯·格雷(Thomas Gray),甚至哥德斯密斯(Goldsmith)在内的详细名单,并不无谐谑地指出:当这些文学天才在形容阿尔卑斯山等"壮美"的风景之时,他们不仅不把其描述为让人仰望之景,反而将其贬低为让人害怕或讨厌之物①。可见,从这个层面讲,伯克对"壮美"概念的阐释具有强烈的美学革命性。因此,有学者指出,伯克对古典主义美学的象征性"反抗"(revolt)使他更像一位"浪漫主义者",而《探索》一书在系统化并普及英国18世纪后半期美学术语的同时,也为随后的浪漫主义思潮做了充分的准备②。暂且不论上述观点是否正确,我们不得不承认:《探索》一书大大丰富了英国游客描述"如画"风景的词汇,这一点见之于他们对美国的描述之中。更重要的是,当各类与"变化"和"不规则性"相关的美学术语融入有关"如画"美景的讨论中时,具有浓厚中产阶级特色的美学传统应运而生。从这个角度讲,对"英式趣味"的强调无异于对贵族式古典趣味的象征性反抗,而具有"英国特色"的风景则不失为一道弥漫着中产阶级意识形态的风景。正如伊格尔顿所说,以伯克、休谟为代表"经验主义不只是一些哲学家对获得可靠知识的可行方法所进行的个人探索和尝试",相反,它还"反映了特殊历史时期的阶级利益诉求和政治目标的英国资产阶

---

① William Wordsworth, *Guide to the Lakes*, with an Introduction, Appendices and Notes Textual and Illustration by Ernest De Selincourt, Fifth Edition (1835), London: Humphrey Milford, 1926, p. 1.

② James T. Boulton, "Editor's Preface", *A Philosophical Enquiry into the Origin of Our Ideas of the Sublime and Beautiful*, London: University of Notre, Dame Press, 1968, p. ivi.

级的意识形态。的确,当'经验'演化为'习俗'和'传统'并进一步等同于'有机性'时,就成为伟大光荣正确的'英国特色'了"①。伯克对"美"与"崇高"的哲学探索也不例外。

然而,对贵族式古典趣味的"反抗"并非易如拾芥。可以说,无论是对伯克还是对吉尔平而言,这条变古易常之路始终笼罩在"影响"的焦虑之中。比如,在1759年出版第二版《探索》之时,伯克特意增加了"论趣味"("Essay on Taste")一文为导言。无论该文是否为对休谟的回应,伯克在"导言"中开宗明义地为《探索》全书定下基调,即在强调个体心理差异的同时,"整一性"(uniformity)和"统一性"(unity)依然是构成"美"的主要元素。因此,在《论趣味》一文的篇首,伯克这样写道:

> 从表面看,人与人的论证方式大相径庭,娱乐方式也是如此。尽管在我看来,这种差异显而易见,但就整个人类而言,依然可能存在理性与趣味的标准。……因此,在对这一问题的探究中,我试图证明是否存在以下标准:它能影响人类的想象力,基于事实,具有普遍性,并能提供令人满意的论证方式。这样的趣味标准,我以为,是存在的。②

显然,伯克试图通过探讨美学主体对"美"与"崇高"的感官感受来建立一个共同的"趣味"标准。换句话说,在伯克式的反抗中,"独特性"与"整一性"之间的矛盾始终存在,并以美

---

① 马海良:《伊格尔顿与经验主义哲学》,《外国文学评论》2016年第4期。
② Edmund Burke, *A Philosophical Enquiry into the Origin of Our Ideas of the Sublime and Beautiful*, London: University of Notre, Dame Press, 1968, p. ii.

学的形式折射出中产与贵族两个阶层间的张力。从这个角度看，吉尔品比伯克更彻底，更强调客体的"独特性"。这从他提出的"如画"原则便可略见端倪。

在《三篇论文：论如画美；论如画的旅行；以及论风景速写；附关于风景画的诗一首》（Three Essays: on Picturesque Beauty; on Picturesque Travel and on Sketching Landscape; to which is Added a Poem on Landscape Painting）一书中，吉尔平详细阐明了其"如画"原则。在他看来，所谓的"如画"并无特殊之处，指的是特别适合"入画"的事物（proper subjects for painting）[①]，由于"粗糙"（roughness）的事物往往特别"入画"，因此"粗糙性"是区分伯克式"优美"与"如画美"的主要因素（the roughness forms the most essential point of difference between the beautiful, and the picturesque; as it seems to be that particular quality. Which makes objects chiefly pleasing in painting）[②]。然而，为什么"粗糙"的事物特别"入画"呢？吉尔平从技术层面回答了这个问题。

首先，能够体现出"粗糙"效果的笔触往往是"自由"且"大胆"的。关于这个解释，他特意在脚注中做了补充说明：

> 当笔触不受任何限制时，我们称它为自由的笔触，而"大胆"则指在兼顾整体效果的同时，个体要优于整体。这正是天才的简洁之处。有时候，笔触是自由的，却只表达线条本身的轻率，并无任何"线"外之意。这样的笔触，并不

[①] William Gilpin, *Three Essays on Picturesque Beauty, on Picturesque Travel and on Sketching Landscape: to which is added a poem, on Landscape Painting*, London: printed for R. Blamire, 1792, p. 36.

[②] Ibid., p. 6.

"大胆",却分外"鲁莽"。①

值得注意的是,吉尔平在此处强调了"不受束缚"的"自由"的美学个体,并坦言只有"粗糙"的笔法才能给予个体最自由发挥的空间(the freest scope to execution)②。其次,他认为,只有再现粗糙质感的事物(rough objects)才能体现美学客体的多样性和独特性。换句话说,粗糙质感的事物往往刚柔并济,光影共存,且色彩层次丰富。有鉴于上述两个理由,吉尔平在《论如画美》文末再次强调:"要让一个事物具有'如画'的风格,那它必须具有一定的粗糙性'(to make an object in a peculiar manner picturesque, there must be a proportion of roughness)。"③ 也就是说,"如画"的效果来自于对具有粗糙质感事物的"自由"且"大胆"的呈现。

不可否认,吉尔平的"如画"原则具有很强的局限性,并因此遭到同时代人的诟病④。但同样毋庸置疑的是,其理论兼顾美学主体和客体的独特性,即强调个体的多样化感受和存在。这无疑是对古典美学所推崇的"整一性"的极大挑战。对此,吉尔平直言不讳。在形容何为"如画之眼"(the picturesque eye)时,

---

① William Gilpin, *Three Essays on Picturesque Beauty*, *on Picturesque Travel and on Sketching Landscape*: *to which is added a poem*, *on Landscape Painting*, London: printed for R. Blamire, 1792, p. 17.
② Ibid.
③ Ibid., p. 25.
④ 威廉·科姆(William Combe)在《句法博士的如画旅行》(*Tour of Doctor Syntax in Search of the Picturesque*)中讽刺了吉尔平"如画"原则的僵化与刻板,随文所附的烛刻画由托马斯·娄兰森(Thomas Rowlandson)所制,也同样起到了辛辣的讽刺作用。另外,简·奥斯丁(Jane Austen)在《理智与情感》、《诺桑觉寺》中也对"如画"美学不无揶揄之意。

他讲道："如画之眼"厌恶人工的艺术，青睐自然。因为人工的艺术充斥着'规则'（regularity），或者我们称它为'平滑'（smoothness），而在自然中，却不乏"不规则"，或者说"粗糙"的形象①。值得注意的是，"如画之眼"所质疑的不仅仅是"规则"和"平滑"，而是上述美学原则背后的古典主义传统。与此同时，吉尔平更希望借助对古典美学的反思来强调"如画"原则的合法性。因此，当雷诺兹（Joshua Reynolds）将"如画"归为形容二等绘画趣味（the taste of painting）的词汇时②，吉尔平不无反讽地讲道：

> 由于所知甚少，我自然无法尽享罗马画派的恢宏之美，但至少我能领会您所说的"色彩的一致性"和"线条的延续性"，以及它们所产生的雄伟效果。事实上，当谈及"多样性"时，我并不想证明您所说的恢弘之美是错误的。③

难道对于雷诺兹所说的米开朗基罗和拉斐尔等古典画家，吉尔平真的所知甚少吗？答案不言而喻。同年，在与威廉·洛克

---

① William Gilpin, *Three Essays on Picturesque Beauty, on Picturesque Travel and on Sketching Landscape: to which is added a poem, on Landscape Painting*, London: printed for R. Blamire, 1792, pp. 26 – 27.

② 乔舒亚·雷诺兹在当时为皇家美术学院的创办人及院长，其艺术创作强调绘画的理性一面。在《论如画美》末尾，附有其与吉尔平的通信。根据吉尔平的说法，由于其讨论的话题是全新的，因此他渴望在出版前得到雷诺兹的肯定。然而，让他失望的是，雷诺兹并未予以赞赏，反而将其讨论的"如画"一词等同于"趣味"一词，并说用这些词来形容次等的艺术完全绰绰有余，却不足以形容荷马和弥尔顿之类恢宏的风格。因此，引发了吉尔平在回信中的反唇相讥。关于这段轶事，详见 William Gilpin, *Three Essays on Picturesque Beauty, on Picturesque Travel and on Sketching Landscape: to which is added a poem, on Landscape Painting*, London: printed for R. Blamire, 1792, pp. 34 – 37。

③ Ibid., p. 37.

(William Lock)的通信中，吉尔平再次强调："让那些古典美的仰慕者追寻自己的道路，我们只希望他们能让我们安静地拥有我们自己的乐趣"。① 显然，吉尔平希望在古典美学之外，建立一个适合"不受束缚"的"自由"的美学个体的美学体系，而这样的美学体系恰恰暗合了新兴中产阶层区分并构建自身美学秩序的微妙心理。正如安·伯明翰（Ann Bermingham）所言：

> "如画游"迎合了中产阶级的经济能力和道德情感。简而言之，英国在中产阶级心目中的地位犹如曾经的欧洲大陆之于富人。作为"如画游"的游客，他们共享这一情感，或者就像人们常说的那样，这一风尚。因为"如画"原则在美化他们的观景方式的同时，也最终让他们的高雅趣味得以认可。②

可见，从18世纪末和19世纪初，吉尔平倡导的"如画游"逐步发展成为代表高雅趣味的中产阶级风尚。

从伯克到吉尔平，"如画"趣味的演变充分说明了以下事实，即"严守理性规则，紧傍古典范例、绝对标准的趣味开始解体。18世纪的文坛领袖们开始连篇累牍地向读者证明：关于美的认知应该是主观性的，个人化的"③。随后，普莱斯和赖特的"如画"

---

① William Gilpin, *Three Essays on Picturesque Beauty, on Picturesque Travel and on Sketching Landscape: to which is added a poem, on Landscape Painting*, London: printed for R. Blamire, 1792, p. iii.

② Ann Bermingham, "The Picturesque and Ready-to-Wear Femininity", *The Politics of the Picturesque*, Eds. Stephen Copley and Peter Garside, Cambridge: Cambridge University Press, 1995, p. 86.

③ [英]马尔科姆·安德鲁斯：《寻找如画美：英国的风景美学与旅游，1760—1800》，张箭飞、韦照周译，译林出版社2014年版，第47页。

之争，以及前者对布朗式园林的批判①更是将"如画"美学推至高潮。换句话说，在强调"独特性"和"多样性"的基础上，"如画"趣味已然在 19 世纪发展成为有别于贵族意识形态中产阶级美学概念。正是在这样的背景之下，华兹华斯完成了其《湖区指南》，希望以美学的方式将英格兰湖区改造成布尔乔亚化的"湖区"。

《湖区指南》创作于 1810 年，前后再版 9 次。关于该游记，马修·阿诺德曾提到过一件趣事。据华兹华斯回忆，有一位牧师在拜访华兹华斯位莱德尔山（Rydal Mount）的家时，曾问诗人："除了《湖区指南》外，这位作家还写过其他作品吗？"② 可见，其畅销度不容小觑。然而，这本畅销书并非单纯的游记。关于该书的写作目的，华兹华斯开篇即谈到，他旨在给"注重趣味且喜爱风景之人的心灵提供一本手册或指南（the minds of Persons of Taste, and feeling for Landscape），因为只有这样的人才能真正领略到湖区的美。"③ 文末，作者又再次重申上述意图——"因此，特别希望，在这些新业主群体中能够兴起一种更好的趣味（a better taste）。"④ 那么，这些"新业主"究竟是谁？他们的审美又出了什么问题呢？

---

① 普莱斯对布朗式园林的批判主要在于认为其没有考虑到自然的多样性和地理空间的独特性。因此，他写道："在一个艺术如此发达的时代和国家，这样一种单一的设计竟然被广泛接纳，就连对独特性的热爱也都没能遏止这种均衡所有差异，使所有地方都一个模样，都变得平淡而枯燥乏味的方法"。详见［美］W. J. T. 米切尔编著《风景与权力》，杨丽、万信琼译，译林出版社 2014 年版，第 342 页。

② Jane Moore and John Strachan, *Key Concepts in Romantic Literature*, Shanghai: Shanghai Foreign Language Education Press, 2016, p. 33.

③ William Wordsworth, *Guide to the Lakes*, with an Introduction, Appendices and Notes Textual and Illustration by Ernest De Selincourt, Fifth Edition (1835), London: Humphrey Milford, 1926, p. 1.

④ Ibid., p. 91.

从华兹华斯的行文来看，这些"新业主"主要指新兴的绅士阶层。随着工业化和农业机械化的推进，大多数小自耕农和乡村手工作坊都难以为继。部分湖区居民只能变卖土地，成为大农场主的雇农或者前往城市谋生。因此，正如华兹华斯担心的那样，"或许用不了几年，湖区周边的土地几乎都将落入当地或者外地的绅士阶层的手中（the possession of gentry）。"① 更让诗人放心不下的是这些"入侵者"的审美趣味。例如，这些"粗俗的入侵者"将威南德密尔湖主岛的环线一番斧凿砍削，并修筑了齐整的环岛堤坝，使原本变化万千的细致美景变成了单调沉闷的人工景观②。

上述美学趣味显然有违华兹华斯的美学旨趣。根据谢海长的研究，华兹华斯基本上是按照"如画"美学的原则来介绍湖区错落有致、相得益彰的天然造物，因此在他看来，任何妨碍"如画"凝视的新增事物都是"粗俗的僭越者"③。更重要的是，"威南德密尔湖改造"一例从侧面说明了这些中产业主并没有完全摆脱贵族式古典美学的影响，因为所有"粗俗的僭越"都来自错误的审美习惯，即人们习惯于从"有序（order）、规则（regularity）和精雕细琢的事物中获得审美的愉悦"④。有鉴于此，他建议读者形成一种和既有审美趣味完全相反的新习惯，学会欣赏自然中错

---

① William Wordsworth, *Guide to the Lakes*, with an Introduction, Appendices and Notes Textual and Illustration by Ernest De Selincourt, Fifth Edition (1835), London: Humphrey Milford, 1926, p. 91.
② Ibid., p. 72.
③ 谢海长：《华兹华斯的〈湖区指南〉与审美趣味之提升》，《东北师范大学学报》2013年第1期。
④ William Wordsworth, *Guide to the Lakes*, with an Introduction, Appendices and Notes Textual and Illustration by Ernest De Selincourt, Fifth Edition (1835), London: Humphrey Milford, 1926, p. 72.

落有致，层层过渡的美①。如果我们拿吉尔平的"如画"术语来说，就是"如画之眼"要学会寻找散落在自然之中的"不规则"、"粗糙"及"独特性"之美。

华兹华斯的话不免让人想起吉尔平的《威河游记》。与前者一样，后者同样声称该游记的创作旨在培养"有趣味的人"。可见，两者同样希望通过建构"如画"趣味来实现对中产阶层的文化改造。从这个层面来讲，"如画"美学是中产阶层"区分"贵族意识形态，彰显其文化独立性的有效手段，而这些描绘英格兰地方美景的游记则无异于与贵族争夺美学话语权的檄文。正如巴特勒所言，从詹姆斯·汤姆逊，到托马斯·格雷，再到威廉·布莱克和威廉·华兹华斯，他们用弘扬地方主义的象征语言取代了"宫廷"或者"伦敦"或德莱顿、浦伯、斯威夫特和盖伊的贵族话语……他们表达并进一步确立了足以代表绅士以及许多"中等类别"，尤其是18世纪伦敦及各地的工商业界人士的态度②。但是，与《威河游记》不同的是，《湖区指南》要区分的不仅仅是贵族阶层，还有代表大众趣味的劳工阶层。

在《湖区指南》的第三部分，华兹华斯就曾提及从英格兰各地蜂拥至湖区的游客。随后，在《湖区指南》第5版发表时，华兹华斯加上了《肯德尔—温德米尔铁路计划》（Kendal and Windermere Railway）这一部分，里面涵盖了他写给《晨邮报》（the Morning Post）主编的两封信。在信中，华兹华斯明确反对通过修

---

① William Wordsworth, *Guide to the Lakes*, with an Introduction, Appendices and Notes Textual and Illustration by Ernest De Selincourt, Fifth Edition (1835), London: Humphrey Milford, 1926, p. 73.

② Marilyn Butler, "Romanticism in England", *Romanticism in National Context*, Eds. Roy Porter and Mikulas Teich, Cambridge: Cambridge University Press, 1988, p. 41.

建铁路普及大众旅游，并认为这个所谓"民主化"的提议实际上害"人"不浅。除去保护湖区环境这一因素外，华兹华斯的主要顾虑在于他认为普通劳工阶层根本没有"如画"的"趣味"。因此，他这样讲道：

> 对浪漫景色的感知并非与生俱来，也并不一定能通过全面的教育获得。……应该说，欣赏自然景色的"趣味"无法一蹴而就。无论是对国家还是对个人而言，上述"趣味"必须逐渐形成（but a taste beyond this is not to be implanted at once; it must be gradually developed both in nations and individuals）。……当然，对没有受过教育的人而言，你显然不可能通过把他们运输到某些特殊的景点而让他们即刻获得上述"趣味"。事实上，只有长期观察和研究景色独特性和相异性的人才能从景色中领会到最大程度的愉悦。①

出于上述考虑，他建议那些"手工艺人、劳工，以及底阶层的小商小贩们"还不如在邻近的地方短途旅行，以免劳民伤财，却又一无所获②。细察上述引言，这些"长期观察和研究景色独特性和相异性的人"显然不包括贵族和劳工阶层。前者习惯于古典美学所推崇的"修剪整洁的花园和尺寸适宜的美，因此感受不到自然的千变万化和幽深微妙之处"③，而后者则对所谓的"如画

---

① William Wordsworth, *Guide to the Lakes*, with an Introduction, Appendices and Notes Textual and Illustration by Ernest De Selincourt, Fifth Edition (1835), London: Humphrey Milford, 1926, pp. 151–152.
② Ibid., p. 152.
③ Ibid., p. 151.

美"毫无感知。为了印证上述观点,华兹华斯还以农民出身的浪漫主义诗人彭斯(Robert Burns)为例。据说彭斯成名后在风景不逊于苏格兰的各地旅行,但其旅伴阿代尔博士(Dr. Adair)却发现,彭斯对这些景色无动于衷。对此,阿代尔博士不由得感慨道:"我怀疑他是否真的有'如画'趣味"(I doubt if he had much taste for the picturesque)①。同样,华兹华斯也发现,彭斯关于旅行的诗只有寥寥几首,表达含糊且乏味,和他对熟悉的景色的描写相去甚远。此外,他还特意强调,正是"彭斯在生活中所处的位置才让他对这些景色如此熟悉"(his position in life allowed him to be familiar)②。华兹华斯的言外之意不言自明,即对风景的感知与一个特定等级的趣味相关。因此,当华兹华斯按照"如画"美学来介绍湖区时,他实际上已经开始了威廉斯所说的"美学圈地"运动,即将湖区变成了中产阶级的湖区。在《湖区指南》第三部分文末,华兹华斯再次号召所有人都培养"纯正的趣味",因为只有这样,他们才会将湖区视为国家财产(national property),并让所有人都有权感知湖区的美。读到此处,我们难免要问:真的所有人都有权领略湖区的美吗?如果我们以彭斯的例子来反观上述言论,此处的华兹华斯不免显得言不由衷。

值得注意的是,在上述"言不由衷"的话里,华兹华斯和吉尔平一样,再次将"如画"趣味与"英国性"关联在了一起。可见,无论在英国本土还是在域外,如画美学的普及和英国民族主义的兴起密切相关。应该说,前者在构建中产阶级美学合法性的

---

① William Wordsworth, *Guide to the Lakes*, with an Introduction, Appendices and Notes Textual and Illustration by Ernest De Selincourt, Fifth Edition (1835), London: Humphrey Milford, 1926, p. 153.

② Ibid.

同时，又试图通过对欧洲大陆古典美学霸权的挑战，将中产阶级以美学的形式推向民族主义的核心地位，使其成为"英国性"的代表。反过来，这一挑战又促进了中产阶级的壮大以及"如画"趣味在19世纪的盛行。可见，"如画"的风景、阶级建构和"英国性"，这三者之间形成了微妙的张力。正是在这三个领域的持续互动下，19世纪英国旅行者笔下的风景成为中产阶级区分"他者"，张扬自我的场所。

可以说，随着中产阶级逐渐获得社会的领导权，这种一厢情愿的"美学化"倾向更是愈演愈烈。除了"如画"的美国和"湖区"以外，"如画"的印度，"如画"的斐济，"如画"的爱尔兰，"如画"的英国山区，甚至"如画"的伦敦等都纷纷出现在旅行者的叙述之中。显然，一个"如画"共同体应势而成。正如安德森所言，在一个存在各种阶层的社会里，一种共同语言对于想象的共同体的形成至关重要①。显然，对19世纪中产阶级成员而言，"如画"美学已然发展成为一种兼具排"他"作用和阶级粘合作用的共同话语。因此，"如画"的风景既是民族的风景，也是阶级的风景。而当我们说"如画"美景表达了典型的"英式趣味"时，我们也不应该忽视一个与此相关的问题：这个"英国性"是谁的"英国性"？

---

① 正如安德森指出的那样，在一个存在各种阶层的社会里，一种共同的语言对于想象的共同体的形成至关重要。在《想象的共同体》一书中，他探讨了印刷资本主义、地方语言的发展以及民族这三者之间的关联，并表明地方语言的兴起对民族主义和民族意识的形成起到了至关重要的重要。详细参见该书的第二章、第三章以及第五章。笔者以为，这种共同的语言也涵盖了共同的美学话语以及其背后的意识形态。

第七章

自然的"趣味"与英国 19 世纪绿色公共领域建构

安娜·布雷姆维尔（Anna Bramwell）在《二十世纪生态学：历史》（*Ecology in the Twentieth Century*）一书中对罗斯金如此评价："罗斯金对英国生态主义中的政治理想部分有着难以估量的影响。"[1] 上述评价不仅将生态批评史追溯到了罗斯金所处的时代，更重要的是，她指出了罗斯金的自然趣味（the taste of Nature）与英国 19 世纪政治意识形态之间的关联。

遗憾的是，虽然罗斯金的生态思想早已在国内外学界引发广泛关注，但布雷姆维尔的话却并未引起大多数罗斯金研究者的回应[2]，也不曾有学者从公共领域的角度探讨罗斯金的绿色话

---

[1] Anna Bramwell, *Ecology in the Twentieth Century: a History*, London: Yale University Press, 1989, p. 96.

[2] 近年来，越来越多的学者开始关注罗斯金的生态思想。国内外代表性著作分别如下：在《浪漫主义生态学：华兹华斯与环境传统》（*Romantic Ecology: Wordsworth and the Environmental Tradition*）一书中，乔纳森·贝特（Jonathan Bate）独辟一章论述了华兹华斯对罗斯金的影响，以及罗斯金对维多利亚时期环境传统（转下页）

语与中产阶级文化塑形之间的关系。显然，罗斯金的"绿色话语"所构建的公共领域，及其背后的政治话语并未进入大多数罗斯金研究者的视野，这不仅不利于我们对罗斯金思想的客观了解，也有悖于环境批评的最新发展趋势。事实上，绿色公共领域（Green Public Sphere）这一话题早已引起国外环境批评学者的重视。道格拉斯·托格森（Douglas Torgerson）与罗伯特·考克斯（Robert Cox）在各自的专著《绿色政治的诺言：环境主义与公共领域》（The Promise of Green Politics: Environmentalism and the Public Sphere）和《环境传播与公共领域》（Environmental Communication and the Public Sphere）中分别指出了绿色公共领域建构与政治意识传播之间的亲缘关系。有鉴于此，我们试图借助尤根·哈贝马斯（Jürgen Habermas）的"公共领域"理论厘清罗斯金的环境实践如何对英国19世纪绿色公共领域建构起到推波助澜的作用。除此之外，笔者认为，上述绿色公共领域的出现也是19世纪中产阶级文化建构的重要组成部分，它折射出以罗斯金为代表的中产阶级成员对自身文化秩序的维护。

第一节　绿色公共领域与19世纪英国中产阶级

在探讨罗斯金与英国19世纪绿色公共领域建构的关联之前，

（接上页）的贡献；在《罗斯金的世界》（The Worlds of John Ruskin）一书中，凯文·杰克逊（Kevin Jackson）指出罗斯金是维多利亚时代唯一关注"环境"或"生态"问题的人。国内学者何畅则在其专著《环境与焦虑：生态视野中的罗斯金》一书中将罗斯金的生态思想置于19世纪文化转型的背景之下进行全面考量。

我们有必要对公共领域及相关的概念进行简单梳理。根据哈贝马斯的观点，

> 所谓"公共领域"，它首先意指我们的社会生活的一个领域，在这个领域中，像公共意见这样的事物能够形成。公共领域原则上向所有公民开放。公共领域的一部分由各种对话构成，在这些对话中，作为私人的人们来到一起，形成了公众。①

可以说，自1989年哈贝马斯关于公共领域的英文译本问世之后，公共领域已然从欧洲历史中抽象出来，成为与现代性问题密切相关的理论框架。本文关注的焦点——绿色公共领域，即产生在这样的理论背景之下。根据罗伯特·考克斯的定义：当个体以对话、争论、辩论或质询等方式，使他人共同参与到某个具有广泛影响力的公众议题时，"公共领域"应运而生。就环境公共领域而言，它不仅成形于我们的日常对话中，更脱胎于更多关于环境的正式交流中②。可见，公共领域归根结底是一个公共舆论领域，"理性对话、自由商谈、平等辩论、话语沟通是其核心概念"③，在此基础之上，绿色公共领域则同时包含绿色言论和环境运动两种传播途径④。

---

① ［德］尤根·哈贝马斯：《公共领域》，汪晖译，汪晖、陈燕谷主编《文化与公共性》，生活·读书·新知三联书店1998年版，第125页。
② Robert Cox, *Environmental Communication and the Public Sphere*, Sage Publications, 2009, p. 24.
③ 杨仁忠：《公共领域论》，人民出版社2000年版，第182页。
④ Douglas Torgerson, *The Promise of Green Politics: Environmentalism and the Public Sphere*, Durham, NC: Duke University Press, 1999, p. xi.

应该说，19世纪英国的历史语境、阶级状况以及应运而生的各类媒介技术共同导致绿色公共领域在维多利亚时期初露端倪。首先，工业革命造成的环境污染是绿色公共领域得以发展的催化剂。由于当时工业污水和生活污水大量排放，英国河流大肆被污染。以泰晤士河为例，因其水质恶化，伦敦在1832—1886年间连发四次霍乱，疫情肆虐，不计其数的居民因此丧生①。除此以外，烟囱林立的英国还面临着严重的大气污染②。面对四处横流的污水和遮天蔽日的烟尘，罗斯金、华兹华斯（William Wordsworth）、阿诺德、卡莱尔等知识分子开始介入对环境这一公共议题的探讨。

其次，既然"绿色公共领域"是一个具有传播属性的公共空间，那么，从18世纪伊始，英国报刊文学的飞速发展显然对公共领域的建构起到了积极的推动作用，并为其提供一个有效的公共平台，构建起一套现代舆论生产的运行机制③。进入19世纪之后，印花税被取消，电报、印刷技术空前发展，这些又进一步推动了报刊、杂志的蓬勃发展。据统计，仅在1836—1856④年之间，英国报纸的销售量便增长了70%；而此后的25年里，报纸的销售量至少增长了600%⑤。

---

① 梅雪芹：《19世纪英国环境问题初探》，《辽宁师范大学学报》（社会科学版）2000年第23卷第3期。

② "100多年之久，以烟煤为燃料的城市，包括伦敦、曼彻斯特、格拉斯哥等，在未能找到可替代的燃料之前，无不饱受过数十年的严重的大气污染之苦。"参见 David Stradling, Peter Thorsheim, "The Smoke of Great Cities, British and American Efforts to Control Air Pollution, 1860—1914", *Environmental History*, Vol. 4, No. 1, Jan., 1999。

③ 颜红菲：《论18世纪英国报刊文学与公共领域间的建构性互动》，《译林》2012年第2期。

④ 1836年，印花税从4便士降到1便士；1855年，印花税被正式废除。此阶段见证了现代商业报纸的第二次拓张。参见［英］雷蒙德·威廉斯《漫长的革命》，倪伟译，上海人民出版社2012年版，第203—210页。

⑤ ［英］雷蒙德·威廉斯：《漫长的革命》，倪伟译，上海人民出版社2012年版，第204页。

这无疑是"绿色公共领域"得以出现的前提基础，因为"越来越多的人通过读报或听他人读报了解并参与社会事务，加深对社会和政治的认识，学习理性地参与对各类问题的批评和讨论，表达自己的观点和看法"①。换句话说，报纸、期刊的飞速发展为理性的公共使用提供了良好的平台。正如康德（Immanuel Kant）在《对这个问题的一个回答：什么是启蒙?》（"An Answer to the Question: What Is Enlightenment?"）一文所说的那样："对理性的公共运用在任何时刻都不应被限制，这一行为本身便可以为人类带来启蒙……按照我的理解，任何个体都如同一位面对整个公共阅读世界，公开表达自我理性的学者。"② 康德的"公共性"正是指语言生产者通过言语的公共运用，建构理性，从而"脱离自我招致的不成熟状态"（self-incurred immaturity）③ 状态。正是在此基础上，哈贝马斯发展并超越了康德对"公共性"的追寻，最终形成了当下的公共领域理论。以此反观19世纪英国，"绿色公共领域"亦脱胎于语言产生者与使用者对环境问题的理性探讨。

再次，随着英国中产阶级的兴起，英国社会的经济结构发生了巨大的变化，随之而来的是阶级的流动和政治结构的调整。不难理解，日益强大的中产阶级主体希望通过平等的会话、论辩，甚至共同的社会实践来公开、理性地讨论涉及公共利益的问题，从而促进公共权力的合理运用。这在一定程度上激发了资产阶级

---

① 颜红菲：《论18世纪英国报刊文学与公共领域间的建构性互动》，《译林》2012年第2期。

② Immanuel Kant, "An Answer to the Question: What Is Enlightenment?", *What Is Enlightenment? Eighteenth-Century Answers and Twentieth-Century Questions*, ed. James Schmidt, Berkeley, Los Angeles and London: University of California Press, 1996, pp. 59–60.

③ Ibid., p. 58.

公共领域的诞生和发展。与此同时，英国公共领域在17—19世纪的发展又反过来推进了中产阶级的身份认同。正如学者陈嘉明所说："一旦具有言语和行为能力的主体相互进行沟通时，他们就具备了主体间性这种关系。正是由于有了主体间性，个体才能通过人与人之间的自由交往而找到自己的认同，也就是说，才可以在没有强制的情况下实现社会化"①。陈嘉明所说的主体即包括中产阶级在内的资产阶级主体，而主体间性则指其成员在公共领域内部的互动。事实上，关于环境问题的公开讨论从17世纪开始就已经进入英国中产阶级成员的视野。例如，约翰·伊夫林（John Evelyn）发表于1661年的《防烟：或论伦敦上空烟尘带来的不便》一文（"Fumifugium; OR The Inconveniencie of the Aer, and Smoke of London Dissipated"）就被认为是英国中产阶级知识分子介入公共问题的最初例子。根据马克·詹纳（Mark Jenner）的研究，该文甚至在20世纪还被英国国家烟尘消除协会以五个版本的形式重印刊发，并且在30年代切尔西电站的选址争论中被大量重印②。因此，我们不难推测，随着公共领域在17—19世纪的进一步发展，其绿色维度越来越不可忽视。

正是在以上背景中，罗斯金以环境为议题，以演讲、信件和期刊连载等形式为载体，有效促进了关于英国19世纪现代化进程的公共讨论。这无形中呼应了我们今日对于绿色公共领域的界定。更重要的是，从该视角出发，我们得以清晰地反观以罗斯金为代表的英国19世纪知识分子如何通过绿色话语和绿色实践来

---

① 陈嘉明：《现代性与后现代性十五讲》，北京大学出版社2006年版，第294页。
② Mark Jenner, "The Politics of London Air: John Evelyn's Fumifugium and the Restoration", *The Historical Journal*, Vol. 38, No. 3, Sep., 1995.

建构自身的文化主体性。

第二节　湖区保卫运动引发的公众讨论

首先，我们不得不提始于 19 世纪 40 年代并一直延续至 19 世纪末的湖区保卫运动。通过这场长达半个世纪之久的公共论辩，本来极具私人情感的自然趣味问题被转化为有关环境与现代性的公共议题。在这场互不相让的论辩中，罗斯金与其他湖区卫士一起撰写檄文和公开信，向代表现代化的"铁路狂潮"（Railway Mania）宣战。

应该说，英国工业革命时期的"铁路狂潮"不失为一条财富巨龙，与此同时，它也"吞噬"了包括湖区在内的不少自然人文风景。1844 年，议会通过一项铁路修建议案，计划将英国已有的铁路干线从肯德尔（Kendal）延伸至湖区的温德米尔（Windermere）镇。时年七十四岁的华兹华斯首先拍案而起，成为第一位"湖区"的"屠龙骑士"，并唱响了 19 世纪"绿色公共领域"的先声：在 10 月 16 日的伦敦晨报（*London Morning Post*）上，他发表了题为《致肯德尔—温德米尔铁路计划》（"Sonnet on the Projected Kendal and Windermere Railway"）的十四行诗，并质问冷漠的英国公众："难道英国就没有一寸土地可以躲过肆意的破坏吗？"[1] 遗憾的是，诗人的响应者寥寥无几。因此，他的抗议并

---

[1] Scott Hess, *William Wordsworth and the Ecology of Authorship: The Roots of Environmentalism in Nineteenth-Century Culture*, University of Virginia Press, 2012, p.118.

未改变湖区的命运：肯德尔—温德米尔铁路依计划修建，并在1847年投入运营①。然而，华兹华斯的质问声却并未被铁路轰隆前进的声音湮没。1876年，一项将铁路延伸至英国北部湖区的议案被提上日程。据计划，铁路将从温德米尔出发延伸至英国湖区腹地，经安布尔赛德（Ambleside），终抵凯斯维克（Keswick）②。这项提议无疑是肯德尔—温德米尔铁路向湖区的进一步延伸。与1844年的一片噤声相比，此提议一经公布便引发了强烈的反对：温德米尔当地居民罗伯特·萨默维尔（Robert Somervell）公开发表抗议书《抗议铁路向湖区延伸》（"A Protest against the Extension of Railways in the Lake District"），在书中引用华兹华斯《致肯德尔—温德米尔铁路计划》一诗全文，并邀请在当时具有广泛公众影响力的罗斯金为抗议书撰写《前言》③。

罗斯金在《前言》中开门见山，诘问醉心财富的各行各业："当贪欲让人迷狂，水手为此沉溺，矿工为此窒息，孩子被此毒害，英格兰的耕地因此荒芜贫瘠之时，我们会否仍然在意：羊群已否被赶下赫尔维纶（Helvellyn）山坡，页岩可否覆盖瑟尔米尔（Thirlmere）的水库，英国的春景里是否少了几朵圣·约翰淡水河谷（St. John's vale）的野花？"④ 不仅如此，罗斯金对支持铁路进湖区的四大观点一一驳斥：他称"湖区有巨大矿物储备"是为

---

① Scott Hess, *William Wordsworth and the Ecology of Authorship: The Roots of Environmentalism in Nineteenth-Century Culture*, University of Virginia Press, 2012, p. 116.

② J. D. Marshall and John. K. Walton, *The Lake Counties: from 1830 to the Mid-Twentieth Century*, Manchester: Manchester University Press, 1981, p. 207.

③ Scott Hess, *William Wordsworth and the Ecology of Authorship: The Roots of Environmentalism in Nineteenth-Century Culture*, University of Virginia Press, 2012, p. 141.

④ John Ruskin, "Preface", in Robert Somervell, *A Protest against the Extension of Railways in the Lake District*, London: Simpkin, Marshall & Co., 1876, pp. 1 - 2.

了欺骗投资而编造的谎言;对于"铁路可以使公众进入湖区",他则以"湖区早已向公共开放"回应;而"廉价便捷的铁路是工人阶级得以享受湖区景色的唯一选择"这一冠冕堂皇的理由亦被斥责,罗斯金断言"你们铁路公司真正为工人阶级做的不过是让酒馆和保龄球馆遍布格拉斯米尔";至于"这是为工程师们提供生计"这一说法,罗斯金直言他们不妨做一些更有意义的事,如修路、筑堤等①。显而易见,罗斯金将自己置于功利主义的对立面,毫不留情地揭穿了掩盖在工业文明之下的人类中心主义思想。这不由让我们想起利奥波塔(Aldo Leopold)在20世纪初提出的"土地伦理"(Land Ethics)概念,即人必须改变仅从经济增长角度来看待自然的旧观念,只有这样,人类才能获得对土地的义务感和责任感②。尽管罗斯金从未明确地提出上述概念,但他的湖区保卫运动与利奥波塔的"沙乡保卫战"③已然形成跨越时空的对话。更重要的是,这位华兹华斯之后的"屠龙骑士"显然要比前者更为成功地将环境事件上升为引发广泛关注与跟进参与的公共事件。

例如,当地媒体《威斯特摩兰公报》(*Westmoreland Gazette*)刊文称罗斯金的抗议不啻为一场精英主义式的"美学圈地运动",

---

① John Ruskin, "Preface", in Robert Somervell, *A Protest against the Extension of Railways in the Lake District*, London: Simpkin, Marshall & Co., 1876, pp. 4 - 6.
② 程虹:《利奥波德:寻找土地伦理》,《美国自然文学三十讲》,外语教学与研究出版社2013年版,第270—272页。
③ 1935年,利奥波德在美国威斯康星河畔一处被人们称为"沙乡"(Sand County)的地方,购置了一个几乎沙漠化的农场。每逢周末和假期,他便带家人到那里种草植树,为医治土地的创伤,重新恢复人与自然的关系进行体验和示范。以这段经历为基础所著的《沙乡年历》(*A Sand County Almanac*)于1949年出版。利奥波德在书中提出的"土地伦理"引起极大反响。详见程虹《利奥波德:寻找土地伦理》,《美国自然文学三十讲》,外语教学与研究出版社2013年版,第270—272页。

体现了"少数人的精神享受与以商业和资本为代表的物质利益"之间的抗衡①。《周六评论》（Saturday Review）批判罗斯金是"与19世纪的烟囱与工厂为敌的堂吉诃德"，直斥罗斯金"不合时宜"②。面对上述讨伐之声，罗斯金在《手握钉子的命运女神》（Fors Clavigera）杂志中重申自己的观点："你们认为你们可以通过《泰晤士报》所谓的"铁路事业"获取财富。你们在山谷之间修建铁路——炸开山间岩石，将成千上万吨页岩倾倒在可爱的溪流中。然而，山谷消失了，天神也随之而去……"③ 上述檄文发表之后，托马斯·卡莱尔（Thomas Carlyle）撰文声援罗斯金，赞其字字珠玑，观点犀利，文中每一个词语都闪耀着无与伦比的智慧④。此外，1876年初，在写给《泰晤士报》（Times）的信中，格拉斯米尔的法科尔（R. T. Farquhar）从经济学的角度分析了铁路进湖区的弊端⑤，有力地反击了"美学圈地运动"这一说法。

最终，温德米尔—凯斯维克铁路修建计划因预算问题暂被搁置。尽管罗斯金等人的环境抗议并非导致计划取消的决定性因素，但由此引发的唇枪舌战却彰显了"绿色公共领域"的基本特征，即通过语言的公共运用对相关环境议题进行理性的讨论。可以说，自温德米尔—凯斯维克铁路修建计划开始，越来越多的人

---

① Scott Hess, *William Wordsworth and the Ecology of Authorship*: *The Roots of Environmentalism in Nineteenth-Century Culture*, University of Virginia Press, 2012, p. 143.

② Jeffrey Richards, "The Role of the Railways", *Ruskin and Environment*: *The Storm Cloud of the Nineteenth Century*, ed. Michael Wheeler, Manchester: Manchester University Press, 1995, p. 129.

③ Qtd. in Kevin Jackson, *The Worlds of John Ruskin*, First Edition, reprinted with revisions, London: Pallas Athene & the Ruskin Foundation, 2011, p. 105.

④ Ibid.

⑤ J. D. Marshall and John. K. Walton, *The Lake Counties*: *from 1830 to the Mid-Twentieth Century*, Manchester: Manchester University Press, 1981, p. 208.

开始参与到关于环境的公共讨论中。

例如，1878年，曼彻斯特政府提出将湖区的一部分瑟尔米尔湖改造为水库，为曼彻斯特市提供生活用水。此法案提出后不久，"瑟尔米尔保卫协会"（Thirlmere Defence Association）便迅速成立，以应对这场人为的环境破坏。罗斯金、奥克塔维亚·希尔（Octavia Hill）、威廉·莫里斯（William Morris）及卡莱尔、罗恩斯利（H. D. Rawnsley）等人纷纷加入协会。《泰晤士报》、《周六评论》、《观察者报》（*Spectator*）、《喷趣》（*Punch*）等多家报纸也先后刊文谴责政府为了逐利破坏湖区环境的行为，形成了一场白热化的公共讨论。此处，我们以《喷趣》刊登的诗歌为例：

> 你们对于金钱的贪婪，我们并不在意。
> 我们亦不会糟蹋我们的湖泊为你们开闸放水，
> 更不用说以此取悦一个试图破坏水域的公会。①

对于上述讨论，哈里特·李特沃（Harriet Ritvo）不无深意地指出，在围绕瑟尔米尔展开的公共论辩中，当代"环境"观念在维多利亚时期的言论中开始逐渐显现②。

再如19世纪80年代，深受罗斯金绿色理念影响的罗恩斯利先后创建湖区保护协会（The Lake District Defence Society）和英国国民信托组织（The National Trust），二者均为英国湖区环境做

---

① Qtd. in J. D. Marshall and John. K. Walton, *The Lake Counties: from 1830 to the Mid-Twentieth Century*, Manchester: Manchester University Press, 1981, p. 210.

② Scott Hess, *William Wordsworth and the Ecology of Authorship: The Roots of Environmentalism in Nineteenth-Century Culture*, University of Virginia Press, 2012, p. 143.

出了巨大贡献①。因此,自1887年以后,再无铁路向英国湖区延伸②。可见,正是伴随着这些此起彼伏的论辩与会话,湖区才能至今美好如初。正如詹姆斯·坎特里尔(James Cantrill)和克莉丝汀·奥拉维克(Christine Oravec)所说:"实际上,我们如何讨论这个世界决定了我们如何经历环境,并影响环境。"③

应该说,从华兹华斯到罗斯金,持续半个世纪之久的英格兰湖区保卫运动对英国绿色公共领域的发展意义非凡。借保卫湖区这一议题,不同话语主体在公共领域各抒己见,逐渐形成具备理性批判、对话、沟通能力的绿色公共领域,而罗斯金无疑在其发展过程中写下了浓墨重彩的一笔。从这个层面讲,如果我们只是聚焦于罗斯金个人的"自然趣味",则未免抹杀了其与19世纪绿色公共领域之间的关联。

第三节　圣乔治社引发的公共实践

同样,罗斯金创建于1871年的圣乔治社(the Guild of St

---

① 罗斯金自身是湖区保护协会成员之一。而湖区保护协会和英国国民信托组织的共同创始人罗恩斯利早在1869年求学期间就认识了当时还在牛津大学任教的罗斯金,并随后加入了后者发起的兴克赛(Hinksey)修路计划以及圣乔治社。在此期间,罗斯金对于罗恩斯利的绿色理念的形成不可谓不深刻。我们甚至可以断言,如果没有罗斯金,就不会有后来的英国国民信托组织。罗斯金对罗恩斯利的影响以及罗斯金与英国国民信托组织的关系,请参见笔者拙著《环境与焦虑:生态视野中的罗斯金》第二章第二节(中国社会科学出版社2012年版)。
② Jeffrey Richards, "The Role of the Railways", *Ruskin and Environment: The Storm Cloud of the Nineteenth Century*, ed. Michael Wheeler, Manchester: Manchester University Press, 1995, p. 130.
③ Robert Cox, *Environmental Communication and the Public Sphere*, Sage Publications, 2009, p. 2.

George）也不仅仅是一次单纯的环境实践。尽管这个按照中世纪面貌构建的农业乌托邦并未逃脱失败的命运，但在其多年的准备、创建过程中，罗斯金的绿色理念得以理性探讨、传播，并促进绿色公共领域的形成。

罗斯金关于圣乔治社的构思并非一蹴而就，它逐渐成形于月刊《手握钉子的命运女神》。该期刊始于1871年，内容为罗斯金致不列颠工人劳动者的书信①。在1871年1月1日的首期上，罗斯金写下这样一句话："……要让英格兰的土地保持常青，让她的脸庞依旧红润。"② 这句话为后来的圣乔治社定下最初的基调。在给工人们的第五封信中，罗斯金进一步陈述了圣乔治社的宗旨："……无论进展多缓慢，我们要开始逐渐增加购买和保护英格兰的土地，使它们免于被高楼大厦侵占。同时，我们要让国人用自己的双手，并借助风与浪的力量来耕种这些土地。"③ 换言之，圣乔治社是为了使在工业进程中被随意破坏的英格兰土地恢复"美丽、宁静、硕果累累"而建，在这里，"没有蒸汽机也没有铁路"，取而代之的是"花园中芬芳的花儿和香甜的果蔬，田野中一望无垠的谷物和青草"④。紧接着，罗斯金在每月一期的信件中继续为读者们勾勒他的乌托邦蓝图：艺术将与生活合二为一；货币的流通价值、交换价值都将让位于美学价值；各

---

① 1871年到1878年，《手握钉子的命运女神》为每月一期，中间停刊两年。1880年到1884年间，罗斯金不定期继续为此期刊撰写书信。1884年后，由于身体等其他原因，罗斯金停笔不再书写。

② John Ruskin, Fors Clavigera, Letters 1—36, Vol. I, in The Works of John Ruskin, Vol. XXVII, Eds. E. T. Cook and Alexander and Wedderburn, London: George Allen, 1907, p. 15.

③ Ibid., p. 95.

④ Ibid., p. 96.

行各业有各自不同的服饰；尤其值得注意的是，在圣乔治社，所有的工作只能通过手工劳作完成，机器因其携带的污染而被禁止使用。显而易见，在上述形形色色的乌托邦设想中，"环境"是当仁不让的核心理念，而期刊、杂志则是其传播的主要途径。

事实上，《手握钉子的命运女神》对于罗斯金的绿色理念在公共领域的传播起到了极大的推动作用。从1871年到1876年，罗斯金借《手握钉子的命运女神》这一公共平台进行了长达6年之久的酝酿。正如罗斯金自己在1875年10月份的信中所述：

> 我深知人们会极尽嘲笑之能事。只有通过数年的坚持，让这一体系在公共场合被人们充分谈论，只有让我以实际行动挑战人们对圣乔治社原则的口头否定，只有经过时间的检验，我才能向他们证明此项事业是不可战胜的。[1]

换言之，罗斯金希望通过与读者的双向对话来传播有关圣乔治社的设想。因此，在各期《手握钉子的命运女神》中，他都设置了写给读者的公开信这一栏目。在其中，随机穿插有报刊文章选段、来自友人或陌生读者的信件、在火车上无意间听见的对话以及各类批评者对于《手握钉子的命运女神》的抨击。正因为其开放性与公共性，该期刊在当时受众面极广。据统计，《手握钉

---

[1] John Ruskin, *Fors Clavigera*, Letters 37—72, Vol. II, in *The Works of John Ruskin*, Vol. XXVIII, Eds. E. T. Cook and Alexander and Wedderburn, London: George Allen, 1907, p. 427.

子的命运女神》当年的发行量达到约5000份，远超同时代《国家评论》(National Review) 的销售数据（约1000份）①。也就是说，《手握钉子的命运女神》具备极广泛的读者群体，从而保证了"环境"这一话题成为极具争议的公众议题。

事实上，通过多年的公共论辩，罗斯金身边不乏和他一样致力于打造"快乐英格兰"（Merrie England）② 的志同道合者。在建社之初，罗斯金即身先士卒，捐献出大部分的财产用于购置圣乔治社的第一批土地。除此以外，他又多次在《手握钉子的命运女神》上呼吁读者们为圣乔治社捐献土地。多年下来，虽然响应者寥若晨星，但到1874年止，仍有共计二十四位捐赠人响应号召，为圣乔治社捐献370英镑7先令③。其中不得不提的是"罗斯金最虔诚的朋友和资助人"④——范尼·塔尔博特（Fanny Talbot）夫人。1874年，范尼·塔尔博特夫人将名下威尔士海边的8个乡村小屋捐赠给圣乔治社⑤。不难想象，若非出于对圣乔治社建社宗旨诚挚的信仰，范尼·塔尔博特夫人不会做出如此大手笔的捐赠。同样，若非出于对共同的环境事业的追求，这群自然爱好者也不会和罗斯金一起参与对英格兰未被污染的农村地区的拯

---

① Kevin Jackson, *The Worlds of John Ruskin*, First Edition, reprinted with revisions, London: Pallas Athene & the Ruskin Foundation, 2011, p. 103.

② E. T. Cook, "Introduction", *The Works of John Ruskin*, Vol. XXX, Eds. E. T. Cook and Alexander and Wedderburn, London: George Allen, 1907, p. xxiii.

③ William Smart and J. A. Hobson, *John Ruskin: His Life and Work & John Ruskin: Social Reformer*, with a new introduction by Peter Cain, London and New York: Routledge/Thoemmes Press, 1994, p. 289.

④ Anthony Harris, *Why Have Our Little Girl Large Shoes?: Ruskin and the Guild of St George*, London: Brentham Press, 1985, p. 10.

⑤ 有关Fanny Talbot夫人对圣乔治社的财产捐赠事件与后续管理，请参阅Anthony Harris, *Why Have Our Little Girl Large Shoes?: Ruskin and the Guild of St George*, London: Brentham Press, 1985。

救。诚然，比起广袤的英伦三岛土地上无处不在的污染，圣乔治社的作用是微不足道的；然而，对于参与这场改革的人而言，圣乔治社对于他们的改变却意义非凡。圣乔治社的成员之一伊迪丝·奥普·斯科特（Edith Hope Scott）在她的自传中回顾这段历程时，不无感慨："我们在马尔伯里生活的那段期间学到了很多东西；它彻底改变了我们许多人的人生轨迹，在我看来凡是在那儿住过的人身上都或多或少留下了那里的印记。"① 可以说，圣乔治社的环境实践对社员们的自然观、价值观和人生观都有着不容忽视的影响，这恰恰体现了构建绿色公共领域的目的之一，即通过聚焦修辞手段，以公共辩论、抗议、广告和其他各类象征行为为载体，以期达到改变社会态度和行为的效果②。

遗憾的是，圣乔治社终究只是昙花一现。用霍布森（J. A. Hobson）的话说，"从一开始我们就可以预见到这场实践会以失败告终。仅仅因为劳动和土地是维持生计必不可少的条件，就认为在任何土地上付诸的劳动都能为劳动者提供足够的生存所需，没有什么想法比这更愚蠢的。"③ 诚然，霍布森的话一针见血，道出了圣乔治社过于乐观和理想化的一面。然而，在历史的洪流中，该乌托邦公社非但没有时过境迁，反而进一步在公共领域促进了英国环境传统的延续与发展。例如，罗斯金的友人亨利·威

---

① "Utopia-Britannica, British Utopian Experiments 1325—1945: Ruskinland": http://www.utopia-britannica.org.uk/pages/Ruskinland.htm.

② Karlyn Kohrs Cambell and Suszn Schultz Huxman, *The Rhetorical Act: Thinking, Speaking, and Writing Critically*, Wadsworth Publishing, 2008. Qtd. in Robert Cox, *Environmental Communication and the Public Sphere*, Sage Publications, 2009, p. 63.

③ William Smart and J. A. Hobson, *John Ruskin: His Life and Work & John Ruskin: Social Reformer*, with a new introduction by Peter Cain, London and New York: Routledge/Thoemmes Press, 1994, p. 290.

利特（Henry Willett）将位于柯德尔（Cothill）的一块五英亩的土地以"罗斯金之地"（The Ruskin Plot）为名捐赠给阿什莫林自然历史博物馆（Ashmolean Natural History Society）。这块包含林地、沼泽、泥塘、水源的土地上依然生活着许多当地稀有的动植物。亨利·威利特捐赠时的唯一要求便是希望博物馆能按照罗斯金的绿色理念来照料这块土地，即让它维持自然的状态①。罗斯金与英国国民信托组织之间更有着千丝万缕的联系，甚至可以说罗斯金是国民信托最隐秘却最不可或缺的第四位创始人。在大洋彼岸的美国土地上，罗斯金的思想同样影响深远。1890年，在田纳西州出现了以罗斯金的名字命名的合作团体——罗斯金合作社（The Ruskin Co-operative Association）。据其创立者卫兰德（Wayland）称，机缘巧合，他读到了罗斯金的《手握钉子的命运女神》。正是罗斯金拨开他眼前的迷雾，使他洞见真理。在此之后，他放弃手头的房地产生意，并致力于该合作团体的创建②。可以说，罗斯金在创建圣乔治社过程中所播的种子，破土而出，终成绿荫，成为英国绿色公共领域的发展过程中一道不可或缺的风景。

第四节 《19世纪的暴风云》引发的公众关注

1884年2月4日，在对英国大气十余年的观察记录之上，罗

---

① E. T. Cook, "Introduction", *The Works of John Ruskin*, Vol. XXX, Eds. E. T. Cook and Alexander and Wedderburn, London: George Allen, 1907, p. xxxv.
② Charles H. Kegel, "Ruskin's St. George in America", *American Quarterly*, Vol. 9, No. 4, 1957.

斯金在伦敦学会（the London Institution）发表题为《19世纪的暴风云》(*The Storm-Cloud of the Nineteenth Century*)① 的演讲，再次将工业污染导致的大气问题推到公共舆论的风口浪尖。美国生态学者司各特·斯洛维克（Scott Slovic）曾指出：在自然写作中，作家往往通过"带有认识论性质的狂热赞歌"（Epistemological Rhapsody）与"带有政治性质的哀歌"（Political Jeremiad）这两种文体的有机结合来表达政治诉求②。如果我们以此反观《19》一文，则会发现罗斯金采用了"赞歌"和"哀歌"并置的嵌入式修辞（Embedded rhetoric），时而高歌，时而警示，时而赞颂，时而批判，将"迄今为止未得到气象学家特别注意或描述"③ 的天气异象纳入到公共关注之中。

面对济济一堂的听众，罗斯金对过去的天气现象不吝赞美，一再向听众们展示久违的"可爱、自然的天气情况"④。但与此同时，他又反复强调这些可爱的天气多存在于"过去的日子里"⑤。换言之，在当下的环境里，它们往往"缺席"。那么，什么又是

---

① 以下简称《19》。
② 根据司各特·斯洛维克的观点，"认识论"指的是致力于对宇宙本质和人类与自然（或人类自身之间）关系的理解。"政治性质"指的是努力劝导听众接受对自然环境的一套新态度，并潜在地将这些进步态度转化为相对而言不具破坏性的行为。斯洛维克将认识论式的自然书写与"狂热赞歌"（rhapsody）联系起来，因为在他看来，对某一主题表达真挚深刻的兴趣即潜在的欣赏；而"哀歌"（Jeremiad）——警示或批判——在"政治性"上与"狂热赞歌"相呼应。通过指出读者当前思维方式中存在的问题，"哀歌"旨在劝说听众采取新视角。参见 Scott Slovic, "Epistemology and Politics in American Nature Writing: Embedded Rhetoric and Discrete Rhetoric", *Green Culture: Environmental Rhetoric in Contemporary America*, Eds. Carl G. Herndl and Stuart C. Brown, The University of Wisconsin Press, 1996, pp. 82 - 110.
③ ［英］约翰·罗斯金：《19世纪上空的暴风云》，《罗斯金散文选》，沙铭瑶译，百花文艺出版社2005年版，第243页。
④ 同上书，第251页。
⑤ 同上书，第244页。

罗斯金眼中的当下之景呢？

在1871年7月1日的日记中，罗斯金提到一种"灾难性的风"："因为天空被灰云覆盖了——那不是雨云，而使太阳光简直无法从中穿过的、又干又黑的一层云幕；部分地方还渗透出烟雾，一层薄薄的烟雾，足以使远处的物体无法分辨出来，但里面却没有任何物质，没有旋卷，没有自己的颜色。"① 随后，在1875年7月4日、1876年6月22日、1879年8月17日、1879年8月31日及1883年2月22日的日记中，罗斯金又先后记录了这种暴风云。经过多年观察，罗斯金敏锐地注意到，在英格兰及中欧其他工业化地区，这种"灾难性的"暴风云现象日趋严重的同时，燃煤的消耗量也飞速增长②。因此罗斯金质疑，这种特殊的暴风云现象实质上是工业发展带来的大气污染问题："它部分看上去仿佛是由有毒的烟构成的；很可能是这种情形：在我周围两平方英里的土地上，至少就有200座高炉的烟囱。"③ 随着笔下风景的转化，罗斯金的言辞从对自然的赞歌逐渐转向启示录式的哀诉（apocalyptic jeremiad），其用词越来越令人心生恐惧：例如，在1876年6月22日的日记里，罗斯金首次用疾病隐喻这种暴风云："颤抖的风形成可怕的暴风，吹得塞弗恩先生船上的帆不停地摆动，好像一个疟疾患者发病一样。"④ 在1879年8月17日的日记里，罗斯金的措辞更加严厉，直指"死亡"隐喻："昨天我眺望菜园子，

---

① [英]约翰·罗斯金：《19世纪上空的暴风云》，《罗斯金散文选》，沙铭瑶译，百花文艺出版社2005年版，第247页。
② See M. H. Abrams et al. eds. *The Norton Anthology of English Literature*, Fourth Edition, Vol. 2, New York and London: W. W. Norton & Company: 1979, p.1337, footnote 1.
③ [英]约翰·罗斯金：《19世纪上空的暴风云》，《罗斯金散文选》，沙铭瑶译，百花文艺出版社2005年版，第248页。
④ 同上书，第252页。

发现那里各种草已经退化，全是一副可怜相；而上等花园里的玫瑰则已腐烂（putrefied）成了褐色海绵，使人觉得好似死蜗牛；那些半成熟的草莓，它们的茎全腐烂（rotten）了。"① 在对这种暴风云的特征进行总结时，罗斯金更是直言不讳地指出："……在幽灵场景中，则是通过幽灵（phantoms）半瘫痪、半愤怒的样子，拖着蹒跚或急速的步子走过去，作进入坟墓状；仿佛是不仅没有灵魂，而且没有知觉的'死亡'，走过去时的动作、愤怒、衰老和颤抖都跟灾难性的风一模一样。"② "疟疾"、"腐烂"、"幽灵"等同义语链相互衔接，一再指向"死亡"这一颇具启示录意蕴的意象。值得指出的是，该意象正是维多利亚时期环境想象的核心隐喻③。在毒雾事件频发、死亡率因此居高不下的19世纪④，上述死亡隐喻无疑会引发人们的末日想象，起到警示作用。重要的是，罗斯金不忘将上述环境启示追溯至道德层面，引发群体反思："在这半个世界上，你每次呼吸的空气都是被这种灾难性的风所污染过的。在伦敦大雾中，空气本身是洁净的，尽管你喜欢把它跟脏东西混为一谈，而且用你自身的龌龊让自己透不过

---

① ［英］约翰·罗斯金：《19世纪上空的暴风云》，《罗斯金散文选》，沙铭瑶译，百花文艺出版社2005年版，第254—255页。
② 同上书，第250页。
③ "启示录"一词的希腊语词根为apokalupsis，指"显现"，或是对"先前不知道的和隐藏的事物的揭示"。后来，这个词在《圣经·新约》中以"神谕"的含义出现，即原本"天机不可泄露"的神谕通过"启示"而为信徒所知。因此，与该词息息相关的"环境启示录小说"（Environmental Apocalyptic Novels）在诞生之初，即19世纪，亦带着浓厚的宗教色彩，预示着新天地的诞生。在最早见证工业革命的英国，环境启示录小说首次出现，它希望以宗教启示录的形式解决伴随工业革命而来的种种环境焦虑，试图唤醒人们对环境的忧患意识，同时呼唤同时代人对文明与发展重新审视。请参见拙文《环境启示录小说》（《外国文学》2011年第6期）。
④ 据统计，19世纪前40年，伦敦发生的毒雾事件不下14次，每次毒雾事件都造成支气管炎等呼吸道疾病发病率及死亡率大大提高。详见刘金源的《工业化时期英国城市环境问题及其成因》一文（《史学月刊》2006年第10期）。

气来。"① 行文至此，启示录式的哀诉突然转变成为政治檄文。罗斯金以清晰的辩说指出：大气污染问题其实是道德问题的外化。换言之，"19 世纪的暴风云"是工业革命时期人们一味逐利、以环境换取财富所必需付出的代价。

有意思的是，该演讲的听众都来自伦敦学会。该学会由伦敦的杰出金融人士一手兴办，多年以来，对"商业利益"的拥护深深根植于其理念之中②。可以想象，罗斯金的演讲一出，就遭到了大量报刊媒体的口诛笔伐。例如，1884 年 2 月 6 日的《每日新闻》如此评论此次演讲："随着罗斯金先生年事渐增，他对令人不愉快的天气日趋敏感。"③ 同月 14 日，《自然》（Nature）杂志刊文斥责罗斯金的诗意使事情神秘化，并引起人们恐慌："他（罗斯金）代表着科学的误读者，他们不仅曲解科学领域，甚至假装对物理学家最通俗易懂的表达也一知半解……罗斯金先生所热爱的大部分诗歌，以及艺术都充斥着这种反科学的非利士主义。它们推崇的理想与现实相对立，与自然的事实相矛盾。因此，它们往往是恐慌的主要制造者。"④ 显而易见，无论罗斯金的分析是否科学，他再次成功地在公共领域将"令人不愉快的天气"上升为一个环境事件，而媒体的迅速回应则有效证明了其修辞策略在建构绿色公共领域方面的正确性。正如罗伯特·考克斯

---

① [英] 约翰·罗斯金：《19 世纪上空的暴风云》，《罗斯金散文选》，沙铭瑶译，百花文艺出版社 2005 年版，第 256 页。
② J. N. Hays, "The London Institution, 1819—40", *The British Journal for the History of Science*, Vol. 7, No. 2, 1974.
③ P. D. Anthony, *John Ruskin's Labour: A Study of Ruskin's Social Theory*, Cambridge: Cambridge University Press, 1983, p. 114.
④ B. E. Maidment, "Ruskin and 'Punch': 1870—1900", *Victorian Periodicals Review*, Vol. 12, No. 1, 1979.

在分析绿色公共领域的建构策略时所说：

> 环境议题发起者往往借助不同的修辞策略来影响（人们对）某一事件或问题的见解……当前此类文体类型包括启示录式修辞、哀歌以及以施瓦茨（Schwarze）命名的环境情节剧（environmental melodrama）。文学批评家吉米·吉灵斯沃斯（Jimmie Killingsworth）与杰奎琳·帕尔默（Jacqueline Palmer）称，"在描绘人类妄图控制自然并导致世界终结的过程中，作家们已经找到应对的修辞策略，来反对所谓的进步思想以及随之发展而来的人类必将战胜自然的叙事。"①

从这个角度来看，罗斯金的《19世纪的暴风云》之于英国绿色公共领域的意义并不亚于其身体力行的圣乔治社和湖区保护运动。借助这篇演讲，他探索了建构绿色公共领域的修辞策略，拓宽了英国绿色公共领域的维度，使公众对环境问题的关注从湖区、土地延伸到大气污染，并由此赢得了英国历史上"第一位绿色保护者"的称号②。

解构主义之父德里达曾提出"文学行动"（Acts of Literature）这一概念，指文学作品在进入公共领域后往往会激发辩论和谈论，从而引发某种具体的行为。诚然，唯有经过充分的探讨、争议，语言才能进一步转化为具体的社会行为，从而发挥

---

① Robert Cox, *Environmental Communication and the Public Sphere*, Sage Publications, 2009, p. 65.
② Michael Wheeler, *Ruskin and Environment: The Storm Cloud of the Nineteenth Century*, Manchester: Manchester University Press, 1995, p. 3.

社会效用①。从这个角度看，罗斯金的一系列绿色言论不失为强有力的"文学行动"。

第五节　绿色公共领域与中产阶级文化认同

有意思的是，纵观上述"文学行动"，在公共领域与罗斯金形成共鸣的多为中产阶级成员。

首先，伦敦学会虽然自称传播的是"面向百万人的知识"②，但其成员却阶级结构单一，无一例外来自中产阶层。他们"可能是衣食无忧的商业从业人员，也可能是受过良好教育的医生、律师、教师这些专业人士，更有对科学文化感兴趣的宗教界人士"③。正是这批中产阶级的主力军构成了《19世纪的暴风云》的听众。其次，圣乔治社的参与者同样多来自中产阶级。罗斯金在圣乔治社的章程中明确提出，"加入圣乔治社的成员需捐赠他们十分之一的收入"，用于实现该共同体的理想④。无疑，对尚在为温饱问题苦苦奋斗的下层阶级而言，他们自然无法承受这份额外的"绿色负担"。如此看来，圣乔治社究竟是谁的乌托邦呢？在圣乔治社发布于1882年的声明中，罗斯金宣称："我深深地希

---

①　霍盛亚：《英国伦敦空气污染的政治隐喻与文学书写——以约翰·伊夫林的〈防烟〉为例》，《山东外语教学》2017年第5期。

②　转引自征咪《科学协会与身份认同：1714—1837》，硕士学位论文，南京大学，2013年，第37页。

③　同上书，第34—35页。

④　John Ruskin, *The Works of John Ruskin*, Vol. XXX, Eds. E. T. Cook and Alexander and Wedderburn, London: George Allen, 1907, p. 3.

望，我的工作能尽快由有资本和地位的人接手，他们的经验会使圣乔治社的目标更快落实。"① 言下之意，财力充裕且富有影响力的中产阶级成员才是罗斯金的理想合作者。圣乔治社成员的身份也证实了这一点。例如，著名建筑师约翰·钱柏林（John Henry Chamberlain）、煤矿主赫伯特·弗莱彻（Herbert Fletcher）、制造商乔治·贝克（George Baker）及曾在反铁路运动中与罗斯金比肩而战的制造商罗伯特·萨默维尔等都曾出现在圣乔治社成员的名单之上②。

如我们再考察湖区保卫运动，同样不难发现这场环境运动具备鲜明的阶级性质。其发起者华兹华斯、继承者罗斯金、罗恩斯利，以及包括丁尼生（Tennyson）、勃朗宁（Browning）、莫里斯、阿诺德（Matthew Arnold）等在内的湖区保护协会成员多属于中产阶级知识分子。上述巧合背后的深意，不免令人思索。

此外，上述中产阶级成员不时在绿色言论中流露出对自身文化正统地位（cultural legitimacy）和文化秩序的坚定捍卫。例如，在罗斯金于1876年为反对铁路进湖区所撰写的《前言》中，他将湖区比作"牛津大学的巴德利图书馆"（Bodleian Library），他以"安静的老读者"自比，而坐火车前来的工人阶级则是走马观花的"临时游客"。一静一动，两者之间显然存在着不同的阶级惯习和趣味。由于受到经济因素的制约，工人阶级更关心基本生

---

① John Ruskin, *The Works of John Ruskin*, Vol. XXX, Eds. E. T. Cook and Alexander and Wedderburn, London: George Allen, 1907, p. 46.
② 详见1878年的《圣乔治社纪要》, John Ruskin, *The Works of John Ruskin*, Vol. XXX, Eds. E. T. Cook and Alexander and Wedderburn, London: George Allen, 1907, pp. 5–12.

存,因而只具备"追求生活必需品的趣味"①,对湖区的如画美景,他们只能走马观花、潦草了事。紧接着,罗斯金又回到了"图书馆"这个比喻:"这样一个图书馆不可能在一刻钟内被读透;同样,真正的阅读中所蕴含的乐趣,与一目十行带来的兴奋断然不同"②。更糟糕的是,这些游客的到来只会破坏湖区的如画美景,妨碍他人的游览兴致。在短短两千余字的《前言》中,罗斯金两度指出这批"临时游客"酗酒的积习,深信他们的到来只会让酒馆遍地、"醉"气熏天。因此,他更希望他们能放弃铁路带来的旅游便利,选择近郊的场所,"载着自己的妻子孩子开开心心地走个二十英里,在他们想停的地方停下来,找一处青苔遍布的岸边卸下篮子。如果他们不能通过这种方式感受风景,那么他们无论如何都无法感受(风景)"③。言下之意,大有将不谙绿色"趣味"的工人阶级成员拒之"湖区"门外的架势。在罗斯金眼中,旅客(tourist)与旅行者(traveller)不尽相同,而他们所热衷的铁路旅游也并非罗斯金所推崇的"文化旅游"(cultural tourism)。罗斯金式的"文化旅游"有别于旅游产业所提供的服务,它更像是一种对个人有益的经历与体验,能增长见识,丰富文化体验,更重要的是,它具有足够的复杂度和深度来让旅行者获得道德的教育④。因此,它更接近于一种关于成长的教育体验

---

① 刘欣在文中使用了"品味"一词,原文为"追求生活必需品的趣味"。事实上,此处"品味"一词源于法国社会学家布迪厄的"taste"。为保持行文流畅,本文在此将该词置换为"趣味"。参见刘欣《阶级惯习与品味:布迪厄的阶级理论》,《社会学研究》2003 年第 6 期。

② John Ruskin, "Preface", in Robert Somervell, *A Protest against the Extension of Railways in the Lake District*, London: Simpkin, Marshall & Co., 1876, p. 4.

③ Ibid., pp. 5–6.

④ Keith Hanley and John K. Walton, *Constructing Cultural Tourism: John Ruskin and the Tourist Gaze*, Bristol: Channel View Publications, 2010, p. 3.

(Bildungsroman)。在基斯·汉利（Keith Hanley）和约翰·K. 沃尔顿（John K. Walton）看来，上述文化旅游介于贵族趣味的"大旅行"（Grand Tour）和大众旅游（popular mass tourism）之间，尽管它试图超越由经济因素导致的阶级分层，但它终归是一种典型的中产阶级行为（a middle-class practice）①。换句话说，一方面，它体现了19世纪英国中产阶级希望通过道德教育来强化自身价值体系的愿望；另一方面，通过与以工人阶级为主体的大众旅游产品相区分，它展现了该群体以旅游实践为切入点，构建自身文化正统及阶级趣味的微妙心态。

此处，我们不妨援引法国社会学家布迪厄对"趣味"的分析来反观上述观点。在他看来，"趣味"能起到从本质上区分他人的作用，因为"你所拥有的一切事物，不管是人还是事物，甚至你在别人眼里的全部意义，都是以'趣味'为基础的。你以'趣味'来归类自己，他人以'趣味'来归类你"②。也就是说，"趣味"意味着肯定"差异"，而合法化一种"趣味"则意味着否定其他"趣味"。因此，"趣味发挥着一种社会导向作用，引导社会空间中特定位置的占有者走向适合其特性的社会地位，走向适合位置占有者的实践或商品"③。一言以蔽之，"趣味"具有阶级区分的作用。借用这个概念，湖区之于中产阶级的意义不仅仅是独特的自然"趣味"，还是文化品位的象征。的确，尽管财富收入的增加给工人阶级带来了更多"自由接触精英和普通文化产品的

---

① Keith Hanley and John K. Walton, *Constructing Cultural Tourism: John Ruskin and the Tourist Gaze*, Bristol: Channel View Publications, 2010, p. 28.
② Pierre Boudieu, *Distinction: A Social Critique of the Judgement of Taste*, Trans. Richard Nice, London and New York: Routledge, 2010, p. 49.
③ Ibid., pp. 468–469.

机会",但这并不意味着"社会等级之间文化边界的消融"①。确切的说,一张通往湖区的火车票并不能消除不同等级之间的阶级差别;反之,它进一步激化了中产阶级对于自身文化正统的捍卫,从中折射出社会不同阶层之间难以逾越的文化区隔。

正因为如此,罗斯金对与他同时代的穆雷(Murray)公司出版的导游手册以及托马斯·库克(Thomas Cook)组织的团队旅游(Package Tourism)都颇多微词。尽管他本人也曾致力于撰写穆雷公司出版的第三版《北意大利旅行手册》(Hand-book for Travellers in Northern Italy 1847)和《法国旅游手册》(Hand-book for Travellers in France 1848),但是,该公司对"急速、肤浅的铁路时代"的极力拥护让他在上述两次合作之后逐渐"发展出了一种激进的敌对态度"②。借助铁路之便利,库克公司曾组织165000余人(大部分为工人)"伦敦一日游",并参观了在水晶宫举行的伦敦博览会。尽管库克一再强调大众旅游模式与民主之间的关联,并声称他旨在"让趣味与天才也能从三等车厢的窗户探出头去"③,但是,旅游产业化所导致的急行军般的"趣味"毕竟与罗斯金所推崇的"文化阅读"式的旅行"趣味"南辕北辙。

上述微妙心态不仅见诸罗斯金对旅游的态度,也体现在罗斯金对英国公共用地(common lands)的建议之中。唐纳德·温奇(Donald Winch)在《将绿色注入思考的19世纪风格:穆勒与罗

---

① 刘莉:《文化报刊与英国中产阶级身份认同(1689—1729)——以〈旁观者〉为中心》,博士学位论文,中国社会科学院,2013年,第44页。
② Keith Hanley and John K. Walton, *Constructing Cultural Tourism: John Ruskin and the Tourist Gaze*, Bristol: Channel View Publications, 2010, p.29.
③ James Buzard, *The Beaten Track: European Tourism, Literature, and the Ways to Culture*, 1899—1918, Oxford: Oxford University Press, 1993, p.50.

斯金》("Thinking Green, Nineteenth-century Style: John Stuart Mill and John Ruskin")一文中指出：尽管罗斯金曾在《直到最后》(Unto This Last)中不无勉强地承认了穆勒（John Stuart Mill）对其政治经济思想的影响，但其与后者关于伦敦公共用地的政策意见却大相径庭，因为在他看来，穆勒与福西特（Fawcett）关于让所有人得以享受伦敦内部和周边的公共用地（大部分为绿地和公园）的主张太过激进（radical）和民主（liberal）①。相反，他比较赞同华兹华斯和马尔萨斯的见解。华兹华斯认为曼彻斯特的机器操作工人们最好放弃拜访伦敦周边公共用地的想法，就在曼彻斯特周边逛逛就可以了；而罗斯金则和人口学家马尔萨斯（Malthusian）一样，认为"必须确保在指定的栖息空间要维持多少人口"，因此不应该将有限的公共用地向所有人开放②。那么，究竟多少人，又究竟是哪些人可以使用公共用地呢？罗斯金和马尔萨斯都对此避而不谈，讳莫如深，但从我们对罗斯金为湖区运动撰写的《序言》的来看，恐怕这些能享用公共用地的人大都来自"安静的老读者"群体吧。

综上所述，罗斯金的绿色趣味绝非单纯的个人趣味。恰恰相反，他所参与其中的种种环境事件和环境议题都有效促进了19世纪绿色公共领域的嬗变与发展。但是，在上述"个人趣味"向

---

① Donald Winch, "Thinking Green, Nineteenth-century Style: John Stuart Mill and John Ruskin", *Markets in Historical Contexts: Ideas and Politics in the Modern World*, New York: Cambridge University Press, 2004, p. 121. 根据温奇的研究，穆勒和福西特在1865年成立"公共用地保护协会"（Commons Preservation Society），呼吁保护伦敦市内和周边的公共用地免遭城市资本家和地产商的经济活动的破坏，并确保所有人能享用这些公共绿地。详细参见第116页。

② Qtd. in Donald Winch, Thinking Green, Nineteenth-century Style: John Stuart Mill and John Ruskin, *Markets in Historical Contexts: Ideas and Politics in the Modern World*, New York: Cambridge University Press, 2004, p. 121.

"公共趣味"的转变过程中，我们不能忽视此公共领域本身所存在的阶级局限性。1990年，哈贝马斯在再版的《公共领域的结构转型》一书中对旧作进行修正，并指出："将文化和政治方面业已动员起来的下层阶级排除在外，这本身即已说明，公共领域一开始就是多元的。在居统治地位的公共领域之外，还有一种平民公共领域，和它唇齿相依。"① 因此，公共领域绝非是"单数"的，而且，"对于某一公共领域的构成来说，遭到排挤的群体往往具有建设性的作用"②。换句话说，虽然绿色公共领域在19世纪的成熟使得"环境"这一现代话题获得了明确的"公共性"，但我们仍需掩卷思忖：究竟这是谁的绿色公共领域？究竟这又是谁的公共性？在中产阶级的绿色话语之外，是否还存在另一个唇齿相依的平民绿色公共领域？这也正是安娜·布雷姆维尔将罗斯金的绿色趣味与19世纪的政治理想相关联的深意所在。

---

① ［德］尤根·哈贝马斯：《公共领域的结构转型》，曹卫东译，学林出版社1999年版，第6页。
② 同上书，第5页。

结　　语

　　梁实秋先生曾讲过一个趣事。他说:"中国人见面最喜欢用的一句话:'近来做何消遣?'这句话我听着便讨厌。话里的意思,好像生活得不耐烦了,几十年日子没有法子过,勉强找些日子来消他遣他。"在他看来,"凡人必须常常生活于趣味之中,生活才有价值。"[①]梁先生所说的"趣味"大体指"兴趣"或"兴味",即一种生活的兴致,亦指一种喜爱关心的情感。此"趣味"与18至19世纪英国中产阶级热衷于讨论的"趣味"不尽相同,其背后的成因更有着天壤之别。对英国中产阶级成员而言,"趣味"所具有的文化建构功能早已超越了美学和伦理价值,成为其确立和巩固自身文化正确性的有效手段。这正是贯穿本书的基本观点。

　　不可否认,从17到18世纪,西方哲学经历了从本体论到认识论的重要转折,其结果就是"美学研究的主要对象由审美客体

[①] 梁启超:《生活于趣味》,北京大学出版社2013年版,第140页。

逐渐向审美主体转变，对人的审美经验或审美意识的研究开始上升到主要地位"①。换句话说，具有感受力和判断力的人开始成为认识和理解世界的主体。这与英国早期中产阶级探索自我、发展自我并确立自我的需求不谋而合。对此，伊格尔顿曾说："正是在18世纪这个特殊的时期，随着早期中产阶层的出现，各种美学概念开始出现在英国这个阶级社会的主流意识形态结构中，并不动声色地起着非同寻常的核心作用。"② 因此，经验主义美学虽滥觞于16世纪末，却在两个世纪后的英国得到了充分的发展。更值得一提的是，"英国经验主义美学对于审美经验的心理学研究，最突出的成果是趣味理论"③。我们知道，经验主义美学家沙夫茨伯里伯爵、哈奇生、休谟、伯克等都曾撰文探讨"趣味"概念。虽然关于"趣味"及"趣味标准"（the standard of taste），他们并未形成定论。但是，众说纷纭、你来我往之间，"趣味"一词反而得到了长足的理论化。有鉴于此，美学史家乔治·迪基将18世纪定义为"趣味的世纪"④。

与18世纪不同的是，19世纪有关"趣味"的讨论并未停留在理论的层面。相反，它出现在小说、游记、旅行指南甚至公共演讲中⑤，内容涉及英国中产阶级生活的方方面面，并凸显了整

---

① 汝信：《序》，彭立勋《趣味与理性：西方近代两大美学思潮》，中国社会科学出版社2009年版，第2页。

② Terry Eagleton, *The Ideology of the Aesthetic*, Oxford UK: Blackwell Publishing Ltd., 1990, p. 4.

③ 彭立勋：《趣味与理性：西方近代两大美学思潮》，中国社会科学出版社2009年版，第292页。

④ 详见[美]乔治·迪基《趣味的世纪，18世纪趣味的哲学巡视》，牛津大学出版社1996年版，第56页。

⑤ 从笔者收集的资料来看，19世纪（尤其在19世纪50年代以后）关于"趣味"话题的讨论基本集中在小说，鲜见于诗歌。菲利普·戴维斯认为，在当时"文学已经走下浪漫主义诗歌个体精英主义孤独激昂的山巅，转向小说中由社会语言（转下页）

个阶级对自身文化身份的困惑、反思与焦虑。本书将这种透过"趣味"话题传递出来的文化焦虑统称为"趣味的焦虑"。例如，私人情感、旅行风尚、风景画、奇情小说、阅读选择等都是此类"焦虑"的载体。应该说，作为一个新兴的社会阶层，19世纪英国中产阶级体现出强烈的多样性和复杂性，但是，他们在"趣味"方面却呈现出共同的"焦虑"。通过前面几个章节的论述，我们可以从以下三个方面把握上述"焦虑"：

其一，从19世纪开始，由于土地贵族阶层在经济领域和政治领域逐渐大权旁落，因此，他们加强了对文化领域的把持，开始"刻意培养'绅士风度'、'纨绔子'以及高雅贵族生活方式与文化趣味"①，希望通过把持对"趣味"的定义来干扰中产阶级的阶级认同与文化自信。虽然说后者无时无刻地处在一种"影响的焦虑"之中，但他们依然试图形成独特的趣味观，并以此建构属于中产阶层的美学正确性与文化秩序。正如乔安妮·恩特维斯特尔（Joanne Entwistle）在《时髦的身体》（The Fashioned Body）一书中所说，"新兴中产阶级向旧贵族挑战很少通过血和剑来解决，而是通过间接的，象征的形式"。②由此来看，有关"趣味"的争论无异于一场没有硝烟的战争。例如，本书谈到，在吉尔平的"如画"美学引导之下，英国国内的旅行风尚显著区别于受古典美学影响的欧陆旅行

（接上页）与共有对话构成的公地。"参见 Philip Davis, *The Victorians*, Beijing: Foreign Language Teaching and Research Press, 2007, p. 227. 究其原因，这和当时的社会语境密切相关。对日益扩张的大英帝国来说，它需要的不再是"逃遁工业化生活方式，强调想象与审美，或者带有强烈个体意识愤世嫉俗的精致诗歌，相反，孔武有力的时代需要的是粗实劲拔的散文，尤其是反映工业化与城市化现实的小说。"参见陈礼珍《盖斯凯尔小说中的维多利亚精神》，商务印书馆2015年版，第14页。

① 程巍：《隐匿的整体》，河南大学出版社2009年版，第16页。
② [英]乔安妮·恩特维斯特尔：《时髦的身体：时尚、衣着和现代社会理论》，郜元宝译，广西师范大学出版社2005年版，第134页。

风尚。从某种角度讲，吉尔平所代表的中产阶级"如画"趣味不失为一种对贵族趣味的象征性反抗。更重要的是，当吉尔平将寻访"如画"美景定义为探索具有"英国性"的风景时，他其实道出了中产阶级在这片无形的战场中的最终诉求，即"通过消解贵族阶层的'高雅'品味而达到参与塑造民族文化精神的文化战略目标"①。

其二，中产阶级试图通过"趣味"选择来"区分"日渐壮大的英国工人阶级以及在海外扩张过程中出现的其他族裔。伴随着19世纪工业化进程的高歌猛进，尤其在1832年议会改革和1846年《反谷物法》之后，英国中产阶级的地位扶摇直上。与此同时，工业革命也催生了另一个阶级——工人阶级。可以说，经过卢德运动②的启蒙，和宪章运动的洗礼，英国工人阶级开始初具规模，这无形中让中产阶级陷入了巨大的心理恐慌之中。对此，E. P. 汤普森指出，这种不安和焦灼感早在法国大革命之后就已应运而生，因此"维多利亚中等阶级的敏感是在18世纪90年代由那些看到矿工、陶工和刀匠们在阅读《人权论》时就被吓坏了的乡绅们培育而成的"③。弗朗西斯·雪莱曾在日记中这样开玩笑："在法国革命引起的首次震撼之后，工人阶级的觉醒使上层阶级发抖了。每个人都感到有必要把自己的屋子收拾好……"④ "把屋

---

① 陈礼珍：《盖斯凯尔小说中的维多利亚精神》，商务印书馆2015年版，第14页。

② 卢德运动：19世纪初，由于机器的广泛使用，英国大批手工业者破产，与此同时，工人失业人数不断攀升。因此，机器成为破产者和失业者心中的罪魁祸首，从而爆发了工人捣毁机器，袭击工厂主的社会运动。学界普遍认为，上述运动为英国工人阶级运动的兴起拉开了序幕。

③ ［英］E. P. 汤普森：《英国工人阶级的形成》（上），钱乘旦等译，译林出版社2013年版，第49页。

④ R. 埃奇库姆编：《弗朗西斯·雪莱夫人日记，1787—1817》（1912），第8—9页。转引自［英］E. P. 汤普森《英国工人阶级的形成》（上），钱乘旦等译，译林出版社2013年版，第48页。

子收拾好"这个说法暗示了19世纪中产阶级成员区分其他阶层，建立自身文化秩序的强烈需求。正是在上述语境之下，"趣味"一词被屡屡提及，视若"珍宝"。也正因为如此，本书提及的英国旅行者笔下的"如画"景观、柯林斯笔下的科学话语、罗斯金和华兹华斯笔下的绿色空间等都有效再现了上述"趣味区分"。

其三，尽管边沁式功利主义造就了"一个持续发展、不断进步的文明"，但是以J.穆勒为代表的经济学家们已经开始注意到：这个文明不可能导向一个鼓励"人类所有特质和官能共同发展的社会"。① 因此，随着19世纪英国中产阶级内部危机的愈演愈烈，不少中产阶级作家开始将上述对"文明"的"焦虑"诉诸笔端。这集中体现在他们对"心智培育"这一问题的讨论之中。应该说，无论是奥斯丁笔下的"趣味"之争，还是爱略特在《丹尼尔·德隆达》一书中所涉及的音乐趣味，都折射出作家对"过度的文明"所带来的"心智培育"问题的关注和忧思。在他们看来，处于资本主义发展新时期的英国固然急需具有个体开拓精神的实业家与冒险家，但也有必要在意识形态领域培育为整个社会共同体运转而奋斗的集体主义精神。换句话说，主体应该通过各个层面的"心智培育"来建构"整体文化身份"（holistic cultural identity）②。

可见，中产阶级寄希望于"心智培育"来化解其内部危机，增加文化凝聚力，而"趣味"则是激发并介入"心智培育"问题的有效切入点。从这个层面来看，19世纪中产阶级有关"趣味"

---

① 转引自[英]雷蒙德·威廉斯《文化与社会》，吴松江、张文定译，北京大学出版社1991年版，第95页。
② Richard A. Barney, *Plots of Enlightenment: Education and the Novel in Eighteenth-century England*, Stanford: Stanford University Press, 1999, p. 26.

的焦虑不仅关乎该阶级的文化身份建构,而且与英国社会的文化批评传统①息息相关、一脉相连。

值得一提的是,上述关于"趣味"的讨论还涉及了"情感"问题。威廉·莱迪曾指出,情感结构对政治与社会史具有至关重要的作用,比如法国大革命前的法国小说、戏剧和绘画体裁所构建的"感性文化"是革命发生的基石②。我们知道,19世纪英国身处具有高度政治敏锐性与阶级复杂性的转型期,其情感结构尤为值得关注。一方面,由于深受18世纪末浪漫主义思潮和经济自由主义的影响,具有强烈自我意识,情感张扬的中产阶级主体备受推崇;另一方面,过度文明带来的物化倾向,以及中产阶级对毫无热情的贵族式"纨绔子弟"的机械模仿又让中产阶级主体的情感在有意无意间消失殆尽。因此,他们身处"情感何去何从"的"尴尬"之中。在本书中,上述"尴尬"透过"趣味"话题得以呈现,并予以讨论。例如,爱略特所推崇的音乐趣味是一种洋溢着深切"情感"的"趣味"。她认为,在现代化进程中,"情感"所蕴含的道德力量不仅能与中产阶级商品文化中的物质主义和个人主义倾向相抗衡,而且能修复物化了的人类本性所产生的冷漠与狭隘。与爱略特不同的是,在奥斯丁这里,情感的自由和奔放虽无可厚非,但如何以"合宜适度"的"情感"来调整中产阶级的自由主义倾向,促进社会秩序的稳定则更值得探讨。虽然上述两位作者的侧重点不尽相同,但她们都指出:"心智培

---

① 雷蒙德·威廉斯在《文化与社会》一书中以"文化与社会"为核心主题,梳理了从18世纪中叶到20世纪中叶活跃在英国文化界的40位作家,并通过展现他们的创作与英国工业生产力发展之间的互动来揭示英国的文化批评传统。

② William Reddy, *The Navigation of Feeling: A Framework for the History of Emotions*, New York: Cambridge University Press, 2001, pp. 141–210.

育"必然包括对情感的教育,因此,关于"趣味"的教育也应是关于情感的教育。正如有学者在评价梁启超的"趣味"理论时如是说,"趣味"其实就是梁启超情感教育或情感节制、情感引导的理想方式①。相信如果爱略特与奥斯丁听到上述评论,也一定会心有戚戚焉。

从以上三个方面的论述来看,在19世纪英国中产阶级争取文化认同的道路上,"趣味"的焦虑始终如影随形。这种焦虑不仅关乎美学、道德和伦理,更关乎社会阶级。或者说,本书所谈及的"趣味"焦虑本质上是一种阶级焦虑。谈及阶级,有学者这样定义:"社会阶级意味着一个松散的个人之间的集合,通过相对而言的经济地位变化,由于地位、权力、生活方式和机会的相似之处和分享的文化特质、一系列互动关系联系在一起。"② 同样,E. P. 汤普森也曾强调"阶级是一种历史现象,不应把它看成一种'结构',更不是一个'范畴'",我们应把它"看成是在人与人的相互关系中确实发生(而且可以证明已近发生)的某种东西"③。由此看来,本书探讨的"趣味"话题就像是一个多面棱镜,透过文学话语,其各个侧面折射出中产阶级共同的生活方式、文化特质以及他们与其他社会阶级成员之间的互动。虽然各个侧面折射的画面看似毫不关联,不成体系,却以一种松散的方式巧妙地勾勒出19世纪英国中产阶级自我形塑的动态过程。

---

① 梁启超:《生活于趣味》,北京大学出版社2013年版,第5页。
② Keith Wrightson, "The Social Order of Early Modern England: Three Approaches", *The World We Have Gained: Histories of Population and Social Structure*, eds. Lloyd Bonfield, Richard Michael Smith and Keith Wrightson, Oxford: Basil Blackwell, 1986, p. 196.
③ [英] E. P. 汤普森:《前言》,E. P. 汤普森《英国工人阶级的形成》(上),钱乘旦等译,译林出版社2013年版,第1页。

参考文献

一 英文部分

Abrams, M. H. et al. (eds.), *The Norton Anthology of English Literature*, 4th ed, Vol. 2. New York and London: W. W. Norton & Company: 1979.

Adorno, Theodor, *Minima Moralia: Reflections from Damaged Life*, Trans. E. F. N. Jephcott, London and New York: Verso, 2005.

Altick, Richard D., *Victorian People and Ideas: A Companion for the Modern Reader of Victorian Literature*, New York: W. W. Norton & Company, 1973.

Andrews, Malcolm, *The Search for the Picturesque: Landscape Aesthetics and Tourism in Britain*, 1760—1800, Aldershot: Scolar, 1990.

Anthony, P. D., *John Ruskin's Labour: A Study of Ruskin's Social Theory*, Cambridge: Cambridge University Press, 1983.

Arnold, Matthew, "Friendship's Garland", *The Works of Matthew Arnold*, Vol. VI. Ed. George W. E. Russell, New York: AMS Press, 1962.

Ashfield, Andrew and Peter de Bolla, *The Sublime: A Reader in British Eighteenth-Century Aesthetic Theory*, Cambridge: Press Syndicate of the University of Cambridge, 1983.

Austen, Henry, "Biographical Notice of the Author", *Northanger Abbey*, ed. Susan Fraiman, New York: W. W. Norton MYM Company, Inc., 2004.

Barney, Richard A., *Plots of Enlightenment: Education and the Novel in Eighteenth-century England*, Stanford: Stanford University Press, 1999.

Bate, Jonathan, *The Song of the Earth*, London: Picador, 2001.

Batey, Mavis, *Jane Austen and the English Landscape*, London: Barn Elms Publishing, 1996.

Bennett, Arnold, *Literary Taste: How to Form It with Detailed Instructions for Collecting a Complete Library of English Literature*, Hard Press, 2006.

Bermingham, Ann, "The Picturesque and Ready-to-Wear Femininity", *The Politics of the Picturesque*, Eds. Stephen Copley and Peter Garside, Cambridge: Cambridge University Press, 1995.

Bhabha, Homi K., *Nation and Narration*, New York: Routledge, 1990.

Boudieu, Pierre, *Distinction: A Social Critique of the Judgement of Taste*, London: Routledge, 1984.

Boudieu, Pierre, *Distinction: A Social Critique of the Judgement of Taste*, Trans. Richard Nice, London and New York: Routledge, 2010.

Bramwell, Anna, *Ecology in the Twentieth Century: a History*, London: Yale University Press, 1989.

Burke, Edmund, *A Philosophical Enquiry into the Origin of Our Ideas of the Sublime and Beautiful*, 4th ed. London: R. and J. Dodsley in Pall-mall, 1764.

Burke, Edmund, *A Philosophical Enquiry into the Origin of Our Ideas of the Sublime and Beautiful*, London: University of Notre, Dame Press, 1968.

Butler, Marilyn, "Romanticism in England", *Romanticism in National Context*, Eds. Roy Porter and Mikulas Teich, Cambridge: Cambridge University Press, 1988.

Butler, Marliyn, *Jane Austen and the War of Ideas*, Oxford: Clarendon, 1987.

Buzard, James, *The Beaten Track: European Tourism, Literature, and the Ways to Culture, 1899—1918*, Oxford: Oxford University Press, 1993.

Carey, John, *The Intellectuals and the Mass: Pride and Prejudice Among the Literary Intelligentsia, 1880—1939*, New York: ST. Martin's Press, 1992.

Clough, Arthur Hugh, *Prose Remains of Arthur Hugh Clough: With a*

Selection from His Letters and a Memoir, Ed. Blanche Clough, London: Macmillan, 1888.

Colman, George and Bonnell Thornton, Critic and Censor-General, The Connoisseur, London: printed for J. Parsons, 1793.

Connor, Steven, "All I Believed is True: Dickens under the Influence", 19: Interdisciplinary Studies in the Long Nineteenth Century, Vol. 10, 2010, http://www.19.bbk.ac.uk/index.php/19/article/view/530.

Conrad, Peter, Mapping English, New York: Oxford University Press, 1980.

Cooper, Anthony Ashley, Characteristics of Men, Manners, Opinions, Times, ed. Lawrence E. Klein, Cambridge: Cambridge UP, 1999.

Copeland, Edward and Juliet Mcmaster (eds.), The Cambridge Companion to Jane Austen, Cambridge: Cambridge University Press, 1997.

Corra, Delia da Sousa, George Eliot, Music and Victorian Culture, New York: Palgrave Macmillan, 2003.

Cosgrove, Denis E., Social Formation and Symbolic Landscape, Totowa, NJ: Barnes and Noble, 1984.

Cox, Robert, Environmental Communication and the Public Sphere, Sage Publications, 2009.

Dadlez, E. M., Mirrors to One Another: Emotion and Value in Jane Austen and David Hume, West Sussex: Wiley-Blackwell, 2009.

Davidoff, Leonore and Catherine Hall, Family Fortunes: Men and

Women of the English Middle Class 1780—1850, London: Routledge, 2002.

Davis, Philip, *The Victorians*, Beijing: Foreign Language Teaching and Research Press, 2007.

Dickens, Charles, *The Letters of Charles Dickens*, Vol. 3. Ed. Madeline House, Graham Storey and Kathleen Tillotson, Oxford: Clarendon Press, 1974.

Dolin, Tim, "Collin's Career and the Visual Arts", *The Cambridge Companion to Wilkie Collins*, Ed. Jenney Bourne Taylor, Cambridge: Cambridge University Press, 2006.

Duckworth, Alistair M., *The Improvement of the Estate: A study of Jane Austen's Novels*, Baltimore: John Hopkins University Press, 1994.

Eagleton, Terry, *The Ideology of the Aesthetic*, Oxford: Blackwell Publishing Ltd., 1990.

Eliot, George, "The Romantic School of Music, Liszt on Meyerbeer-Wagner", *The Leader*, Vol. 5, 1854.

Eliot, George, *Daniel Deronda*, Hertfordshire: Wordsworth Editions Limited, 1996.

Eliot, George, *The George Eliot's Letters*, Vol. 1. Ed. Gorden S. Haight, New Haven: Yale University Press, 1954.

Eliot, George, *The George Eliot Letters*, Vol. 2. Ed. Gorden S. Haight, New Haven: Yale University Press, 1954—1978.

Eliot, George, *The George Eliot Letters*, Vol. 5. Ed. Gorden S. Haight, New Haven: Yale University Press, 1954—1978.

Eliot, George, *The Journals of George Eliot*, Eds. Margaret Harris and Judith Johnson, Cambridge: Cambridge University Press, 1998.

Eliot, T. S., *Notes Towards the Definition of Culture*, London: Faber and Faber Limited, 1948.

Endelman, Told M., *The Jews of Britain*, 1656—2000, Berkeley and Los Angeles: University of California Press, 2002.

Evans, Arthur B., "Function of Science in French Fiction", *Studies in the Literary Imagination*, Vol. 22, Iss. 1, Spring 1989.

Fleishman, Avrom, *George Eliot's Intellectual Life*, Cambridge: Cambridge University Press, 2011.

Freud, Sigmund, "The Uncanny", *The Critical Tradition: Classic Texts and Contemporary Trends*, 3rd ed. Ed. David H. Richter, Boston: Bedford/St. Martin's, 2007.

Garrison, Laurie, *Science, Sexuality and Sensation Novels: Pleasures of the Senses*, New York: Palgrave Macmillan, 2011.

Garson, Marjorie, *Moral Taste: Aesthetics, Subjectivity, and Social Power in the Nineteenth-Century Novel*, Toronto: University of Toronto Press, 2007.

Gigante, Denise, *Taste: a Literary History*, New Haven: Yale University Press, 2005.

Gillie, Christopher, *A Preface to Austen*, Peking: Peking University Press, 2005.

Gilpin, William, "On Picturesque Beauty", http://www.ualberta.ca/~dmiall/Travel/gilpine2.htm.

Gilpin, William, *Observations on the River Wye, and Several Parts of South Wales, & Relatively Chiefly to Picturesque Beauty; Made in the Summer of the Year* 1770, 2nd ed. London: printed for R. Blamire, 1792.

Gilpin, William, *Three Essays on Picturesque Beauty, on Picturesque Travel and on Sketching Landscape: to which is added a poem, on Landscape Painting*, London: printed for R. Blamire, 1792.

Gissing, George, *In the Year of Jubilee*, Hard Press, 2006.

Glare, p. G. W. (ed.), *Oxford Latin Dictionary*, Oxford: Oxford University Press, 1983.

Gray, Beryl, *George Eliot and Music*, New York: St. Martin's Press, 1989.

Hall, Stuart, "Who Needs Identity?" *Questions of Cultural Identity*, Eds. Stuart Hall and Paul du Gay, London · Thousand Oaks · New Delhi: Sage Publications, 1996.

Halperin, John, *Gissing: A Life in Book*, Oxford: Oxford University Press, 1982.

Hamilton, Thomas, *Men and Manners in America: By the Author of Cyril Thornton, etc.*, Vol. 2. Edinburgh: Blackwood, 1883.

Hammond, Mary, *Reading, Publishing and the Formation of Literary Taste in England, 1880—1914*, Gower House: Ashgate Publishing Limited, 2006.

Hanley, Keith and John K. Walton, *Constructing Cultural Tourism: John Ruskin and the Tourist Gaze*, Bristol: Channel View Publications, 2010.

Hans, Nicholas, *New Trends in Education in the* 18*th Century*, Abingdon: Taylor & Francis US, 1951.

Harris, Anthony, *Why Have Our Little Girl Large Shoes?: Ruskin and the Guild of St George*, London: Brentham Press, 1985.

Hartman, Geoffrey H., *The Fateful Question of Culture*, New York: Columbia University Press, 1997.

Hays, J. N., "The London Institution, 1819—40", *The British Journal for the History of Science*, Vol. 7, No. 2, 1974.

Hess, Scott, *William Wordsworth and the Ecology of Authorship: The Roots of Environmentalism in Nineteenth-Century Culture*, University of Virginia Press, 2012.

Hughes, Winifred, *The Maniac in the Cellar: Sensation Novels of the 1860s*, Princeton, NJ: Princeton University Press, 1980.

Hume, David, *A Treatise of Human Nature*, 2nd ed. L. A. Selby-Bigge, revised by P. H. Nidditch. Oxford: Clarendon, 1975.

Hume, David, *Of the Standard of Taste and Other Essays*, Ed. John W. Lenz, Indianapolis: Bobbs-Merrill Educational Publishing, 1965.

Jackson, Kevin, *The Worlds of John Ruskin*, 1st ed. Reprinted with revisions, London: Pallas Athene & the Ruskin Foundation, 2011.

Jenner, Mark, "The Politics of London Air: John Evelyn's Fumifugium and the Restoration", *The Historical Journal*, Vol. 38, No. 3, Sep., 1995.

John, Juliet and Alice Jenkins (eds.), *Rethinking Victorian Culture*, Houndmills: Macmillan Press LTD, 2000,

Kant, Immanuel, "An Answer to the Question: What Is Enlightenment?" *What Is Enlightenment? Eighteenth-Century Answers and Twentieth-Century Questions*, Ed. James Schmidt. Berkeley, Los Angeles and London: University of California Press, 1996.

Keating, Peter, *The Haunted Study: A Social History of the English Novel* 1875—1914, Grange Books, 1991.

Kegel, Charles H., "Ruskin's St. George in America", *American Quarterly*, Vol. 9, No. 4, 1957.

Kemble, Fanny, *Fanny Kemble: the American Journals*, Ed. Mavor Elizabeth, London: Weidenfeld and Nicolson, 1990.

Kemble, Fanny, *Journal*, Vol. 2. London: Murray, 1835.

Lambert, John, *Travels through Canada and the United States of North America in the Years* 1806, 1807, *and* 1808, Vol. 2. London: Baldwin, Cradock & Joy, 1816.

Law, Graham, "The Professional Writer and the Literary Marketplace", *The Cambridge Companion to Wilkie Collins*, Ed. Jenney Bourne Taylor, Cambridge: Cambridge University Press, 2006.

Leavis, F. R. and Denys Thompson, *Culture and Environment: The Training of Critical Awareness*, London: Chatto & Windus, 1964.

Leavis, F. R., *Mass Civilization and Minority Culture*, Cambridge: Minority Press, 1930.

Leavis, F. R., *Nor Shall My Sword: Discourses on Pluralism, Compassion and Social Hope*, London: Chatto & Windus, 1972.

Leavis, F. R., *Two Cultures? The Significance of C. p. Snow*, Cambridge: Cambridge University Press, 2013.

Litz, A. Walton, "The Picturesque in Pride and Prejudice", *Persuasions*, Vol. 13, 1979.

Lock, John, *An Essay Concerning Human Understanding*, Oxford: Clarendon Press, 1979.

Mackie, Erin, *Market a' La Mode: Fashion, Commodity, and Gender in The Tatler and The Spectator*, Baltimore: Johns Hopkins University Press, 1997.

Maidment, B. E., "Ruskin and 'Punch': 1870—1900", *Victorian Periodicals Review*, Vol. 12, No. 1, 1979.

Marshall, J. D. and John. K. Walton, *The Lake Counties: from 1830 to the Mid-Twentieth Century*, Manchester: Manchester University Press, 1981.

McAleer, John, "What a Biographer Can Learn about Jane Austen from Her Juvenilia", *Jane Austen's Beginnings: The Juvenilia and Lady Susan*, Ed. J. David Grey. Ann Arbor/ London: U. M. I Research Press, 1989.

Mill, John Stuart, *Autobiography*, London: Penguin Books, 1989.

Milton, John, *Complete Poems and Major Prose*, Ed. Merritt Y. Hughes. New York: Odyssey, 1957.

Moore, Jane and John Strachan, *Key Concepts in Romantic Literature*, Shanghai: Shanghai Foreign Language Education Press, 2016.

Moriarty, Michael, *Taste and Ideology in Seventeenth-Century France*, Oxford: Cambridge University Press, 1988.

Morris, William, "How I Become a Socialist", *News from Nowhere and Selected Writings and Designs*, London: Penguin Group,

1962.

Mulvey, Christopher, *Anglo-American Landscapes: A Study of Nineteenth Century Anglo-American Travel Literature*, Cambridge: Press Syndicate of the University of Cambridge, 1983.

Nadel, Ira B. and William E. Fredeman (eds.), *Dictionary of Literary Biography: Victorian Novelists After 1885*, Vol. 18. Detroit: Gale Research, 1983.

Nayar, Pramod K., *English Writing and India, 1600—1920: Colonizing Aesthetics*, London: Routledge, 2008.

Picker, John M., *Victorian Soundscape*, New York: Oxford University Press, 2003.

Pykett, Lyn, *Wilkie Collins: Authors in Context*, Oxford: Oxford University Press, 2009.

Reddy, William, *The Navigation of Feeling: A Framework for the History of Emotions*, New York: Cambridge University Press, 2001.

Richards, Jeffrey, "The Role of the Railways", *Ruskin and Environment: The Storm Cloud of the Nineteenth Century*, ed. Michael Wheeler, Manchester: Manchester University Press, 1995.

Ruskin, John, "Preface", in Robert Somervell, *A Protest against the Extension of Railways in the Lake District*, London: Simpkin, Marshall & Co., 1876.

Ruskin, John, *Fors Clavigera*, Letters 1—36, Vol. I. *The Works of John Ruskin*, Vol. XXVII. Eds. E. T. Cook and Alexander and Wedderburn, London: George Allen, 1907.

Ruskin, John, *Fors Clavigera*, *Letters* 37—72, Vol. II. *The Works of John Ruskin*, Vol. XXVIII. Eds. E. T. Cook and Alexander and Wedderburn, London: George Allen, 1907.

Ruskin, John, *The Works of John Ruskin*, Vol. XXX. Eds. E. T. Cook and Alexander and Wedderburn, London: George Allen, 1907.

Said, Edward W. , "Zionism from the Standpoint of its Victims", *Social Text*, Vol. 1, 1979.

Shapin, Steven and Arnold Thackary, "Philosophy as a Research Tool in History of Science: The British Scientific Community, 1700—1900", *History of Science*, Vol. 12, 1974.

Shelly, Percy, *Shelley's Prose*; *or the Trumpet of a Prophecy*, ed. David Lee Clark, London: Fourth Estate, 1988.

Siddall, Stephan, *Landscape and Literature*, Cambridge: Cambridge University Press, 2009.

Slovic, Scott, "Epistemology and Politics in American Nature Writing: Embedded Rhetoric and Discrete Rhetoric", *Green Culture*: *Environmental Rhetoric in Contemporary America*, Eds. Carl G. Herndl and Stuart C. Brown, The University of Wisconsin Press, 1996.

Smart, William and J. A. Hobson, *John Ruskin*: *His Life and Work & John Ruskin*: *Social Reformer*, with a new introduction by Peter Cain, London and New York: Routledge/Thoemmes Press, 1994.

Stonecastle, Henry, *Universal Spectator*, Vol. 3. Michigan: Gale Ecco, 1747.

Stradling, David and Peter Thorsheim, "The Smoke of Great Cities, British and American Efforts to Control Air Pollution, 1860—1914", *Environmental History*, Vol. 4, No. 1, Jan., 1999.

Sutcliffe, *Oxford University Press: An Informal History*, Oxford: Oxford University Press, 1978.

Thomas, Roald R., "The Moonstone, Detective Fiction and Forensic Science", *The Cambridge Companion to Wilkie Collins*, ed. Jenney Bourne Taylor, Cambridge: Cambridge University Press, 2006.

Torgerson, Douglas, *The Promise of Green Politics: Environmentalism and the Public Sphere*, Durham, NC: Duke University Press, 1999.

Trollope, Anthony, *North America*, Eds. Donald Smalley and Bradford Allen Booth, New York: Knopf, 1951.

Trollope, Frances, *Domestics Manners of the Americans*, London: Whittaker, Treacher; New York: reprinted for the Booksellers, 1832.

Visser, Margaret, *The Rituals of Dinner: The Origins, Evolution, Eccentricities, and Meanings of Table Manners*, London: Penguin Books, 1991.

Walker, Alan and Franz Liszt, *The Weimer Years 1848—1861*, Vol. II. London: Faber, 1989.

Watkin, David, *The English Version: The Picturesque in Architecture, Landscape, and Garden Design*, New York: Harper and Row, 1982.

Wenner, Barbara Britton, *Prospects and Refuge in the Landscape of Jane Austen*, Ashgate Publishing Company, 2006.

Wheeler, Michael, *Ruskin and Environment: The Storm Cloud of the Nineteenth Century*, Manchester: Manchester University Press, 1995.

Williams, Raymond, *Culture and Society*, 1780—1950, London: Chatto & Windus Ltd. , 1958.

Williams, Raymond, *Keywords: A Vocabulary of Culture and Society*, London: Fontana Paperbacks, 1983.

Williams, Raymond, *Keywords: A Vocabulary of Culture and Society*, Oxford: Oxford University Press, 1983.

Williams, Raymond, *The Country and the City*, New York: Oxford University Press, 1975.

Winch, Donald, "Thinking Green, Nineteenth-century Style: John Stuart Mill and John Ruskin", *Markets in Historical Contexts: Ideas and Politics in the Modern World*, New York: Cambridge University Press, 2004.

Wordsworth, William, "Essay, Supplementary to the Preface" (1815), in Denise Gigante, *Taste: A Literary History*, New Haven: Yale University Press, 2005.

Wordsworth, William, *Guide to the Lakes*, with an Introduction, Appendices and Notes Textual and Illustration by Ernest De Selincourt, 5th ed (1835) . London: Humphrey Milford, 1926.

Wrightson, Keith, "The Social Order of Early Modern England: Three Approaches", *The World We Have Gained: Histories of Popula-*

tion and Social Structure, Eds. Lioyd Bonfield, Richard Michael Smith and Keith Wrightson, Oxford：Basil Blackwell, 1986.

Wynne, Deborah, *The Sensational Novel and the Victorian Family Magazine*, New York：Palgrave Macmillan, 2001.

"Utopia-Britannica, British Utopian Experiments 1325—1945：Ruskinland"：http：//www. utopia-britannica. org. uk/pages/Ruskinland. htm.

"E-texts of Wilkie Collins"：http：//www. web40571. clarahost. co. uk/wilkie/etext/sites. htm.

二　中文部分

［英］埃德蒙·伯克：《关于我们崇高与美观念之根源的哲学探讨》，郭飞译，大象出版社2010年版。

［古希腊］柏拉图：《柏拉图全集》第3卷，王晓朝译，人民出版社2003年版。

［法］波德莱尔：《1846年的沙龙》，郭宏安译，广西师范大学出版社2002年版。

［英］查尔斯·达尔文：《达尔文自传》，曾向阳译，江苏文艺出版社1998年版。

陈嘉明：《现代性与后现代性十五讲》，北京大学出版社2006年版。

陈礼珍：《盖斯凯尔小说中的维多利亚精神》，商务印书馆2015年版。

陈晓辉：《论西方"风景如画"的意识形态维度》，《东南大学学报》（哲学社会科学版）2013 年第 1 期。

程虹：《利奥波德：寻找土地伦理》，选自《美国自然文学三十讲》，外语教学与研究出版社 2013 年版。

程巍：《文学的政治底稿：英美文学史论集》，复旦大学出版社 2014 年版。

程巍：《隐匿的整体》，河南大学出版社 2009 年版。

［英］大卫·休谟：《论道德与文学》，马万利、张正萍译，浙江大学出版社 2011 年版。

戴小蛮：《风景如画——"如画"的观念与十九世纪英国水彩风景画》，湖南人民出版社 2008 年版。

［英］E. M. 福斯特：《霍华德庄园》，苏福忠译，人民文学出版社 2009 年版。

［英］E. P. 汤普森：《英国工人阶级的形成》（上），钱乘旦等译，译林出版社 2013 年版。

［英］F. R. 利维斯：《伟大的传统》，袁伟译，生活·读书·新知三联书店 2002 年版。

高晓玲：《乔治·爱略特的转型焦虑》，《外国文学评论》2016 年第 1 期。

［英］哈奇生：《论美与德行两个概念的根源》，选自《西方美学家论美和美感》，商务印书馆 1980 年版。

韩敏中：《文化与无政府状态》，生活·读书·新知三联书店 2008 年版。

何畅：《环境启示录小说》，《外国文学》2011 年第 6 期。

何畅：《环境与焦虑：生态视野中的罗斯金》，中国社会科学出版社 2012 年版。

黄梅：《〈理智与情感〉中的"思想之战"》,《外国文学评论》2010年第1期。

黄梅：《推敲"自我"：小说在18世纪的英国》,生活·读书·新知三联书店2003年版。

黄仲山：《权力视野下的审美趣味研究》,博士学位论文,中国社会科学院,2013年。

霍盛亚：《英国伦敦空气污染的政治隐喻与文学书写——以约翰·伊夫林的〈防烟〉为例》,《山东外语教学》2017年第5期。

［英］简·奥斯丁：《傲慢与偏见》,孙致礼译,译林出版社1990年版。

［英］简·奥斯丁：《理智与情感》,武崇汉译,上海译文出版社2008年版。

［英］简·奥斯汀：《诺桑觉寺》,麻乔志译,重庆出版社2008年版。

［德］康德：《实用人类学》,邓晓芒译,重庆出版社1987年版。

［英］雷蒙德·威廉斯：《关键词：文化与社会的词汇》,刘建基译,生活·读书·新知三联书店2005年版。

［英］雷蒙德·威廉斯：《漫长的革命》,倪伟译,上海人民出版社2012年版。

［英］雷蒙德·威廉斯：《文化与社会》,吴松江、张文定译,北京大学出版社1991年版。

李秋实：《"如画"作为一种新的美学发现》,《东方艺术》2012年第5期。

梁启超：《生活于趣味》,北京大学出版社2013年版。

刘金源：《工业化时期英国城市环境问题及其成因》,《史学月刊》

2006年第10期。

刘莉:《文化报刊与英国中产阶级身份认同(1689—1729)——以〈旁观者〉为中心》,博士学位论文,中国社会科学院,2013年。

刘欣:《阶级惯习与品味:布迪厄的阶级理论》,《社会学研究》2003年第6期。

陆杨:《费瑟斯通论日常生活审美化》,《文艺研究》2009年第11期。

罗俊丽:《边沁和密尔的功利主义比较研究》,《兰州学刊》2008年第3期。

[英]马尔科姆·安德鲁斯:《寻找如画美:英国的风景美学与旅游,1760—1800》,张箭飞、韦照周译,译林出版社2014年版。

马海良:《伊格尔顿与经验主义哲学》,《外国文学评论》2016年第4期。

[英]马修·阿诺德:《文化与无政府状态》,韩敏中译,生活·读书·新知三联书店2008年版。

[英]玛吉·莱恩:《简·奥斯汀的世界——英国最受欢迎的作家的生活和时代》,郭静译,海南出版社2004年版。

梅雪芹:《19世纪英国环境问题初探》,《辽宁师范大学学报》(社会科学版)2000年第23卷第3期。

欧荣:《"少数人"到"心智成熟的民众"——利维斯的文化批评与"共同体"形塑》,《杭州师范大学学报》(社会科学版)2015年第4期。

彭立勋:《趣味与理性:西方近代两大美学思潮》,中国社会科学出版社 2009 年版。

［美］乔治·迪基：《趣味的世纪，18 世纪趣味的哲学巡视》，郜元宝译，广西师范大学出版社 2005 年版。

［英］沙夫茨伯里：《论特征：道德家们》，选自《西方美学家论美和美感》，商务印书馆 1980 年版。

［英］特里·伊格尔顿：《审美意识形态》，王杰、傅德根、麦永雄译，中央编译出版社 2013 年版。

童明：《现代性赋格：19 世纪欧洲文学名著启示录》，广西师范大学出版社 2008 年版。

［美］W. J. T. 米切尔：《风景与权力》，杨丽、万信琼译，译林出版社 2014 年版。

［英］瓦尔特·司各特：《关于简·奥斯丁的书简》，文美惠译，朱虹主编《奥斯丁研究》，中国文联出版社 1985 年版。

王钰：《中产阶级的新绅士理想与道德改良：论 18、19 世纪英国小说中绅士人物形象的嬗变及其成因》，《英美文学论丛》2008 年第 1 期。

［英］威尔基·柯林斯：《月亮宝石》，王青松译，中央编译出版社 2010 年版。

谢海长：《华兹华斯的〈湖区指南〉与审美趣味之提升》，《东北师范大学学报》2013 年第 1 期。

徐德林：《作为有机知识分子的马修·阿诺德》，《国外文学》2010 年第 3 期。

许荣：《法国，不谈阶级》，周晓虹主编《全球中产阶级报告》，社会科学文献出版社 2005 年版。

薛鸿时：《论吉辛的政治小说〈民众〉》，《外国文学评论》1995

年第 3 期。

[英] 亚当·斯密：《道德情操论》，世界图书出版公司 2011 年版。

颜红菲：《论 18 世纪英国报刊文学与公共领域间的建构性互动》，《译林》2012 年第 2 期。

杨仁忠：《公共领域论》，人民出版社 2000 年版。

殷企平：《"文化辩护书"：19 世纪英国文化批评》，上海外语教育出版社 2013 年版。

[德] 尤根·哈贝马斯：《公共领域》，汪晖译，汪晖、陈燕谷主编《文化与公共性》，生活·读书·新知三联书店 1998 年版。

[德] 尤根·哈贝马斯：《公共领域的结构转型》，曹卫东译，学林出版社 1999 年版。

[英] 约翰·罗斯金：《19 世纪上空的暴风云》，选自《罗斯金散文选》，沙铭瑶译，百花文艺出版社 2005 年版。

[英] 约翰·罗斯金：《罗斯金读书随笔》，王青松、匡咏梅译，上海三联书店 2001 年版。

[美] 约翰·斯梅尔：《中产阶级文化的起源》，陈勇译，上海人民出版社 2006 年版。

张德明：《英国旅行文学与现代"情感结构"的形成》，《浙江大学学报》（社会科学版）2011 年第 2 期。

征咪：《科学协会与身份认同：1714—1837》，硕士学位论文，南京大学，2013 年。

周泽东：《论"如画性"与自然审美》，《贵州社会科学》2007 年第 5 期。

后　　记

　　要论这本书的构思，它没有任何构思，我也奇怪于它如何悄然成形。如果一定要追述它的缘起，或许，它来自于对某一话题持续而有力的兴味。

　　2009年到2010年，在撰写博士论文期间，我注意到了维多利亚文化批评家约翰·罗斯金对"如画"趣味（the taste of Picturesque）的讨论，并籍此对"趣味"一词有了全新的认知。在随后几年的阅读中，法国社会学家皮埃尔·布迪厄、英国马克思主义文化批评家雷蒙德·威廉斯、特里·伊格尔顿等人对"趣味"的分析与对话更让我读不舍手。可以说，正是在他们的理论指引之下，我开始意识到："趣味"话题不只是私密的审美问题，反之，它具有公共性。它看似日常琐碎、感性凌乱而又纷繁芜杂，其背后却渗透出特定社会群体与阶层的区分、建构冲动；它看似区分、摈斥他者，却又不乏融聚、调和之力。也正因为该话题的丰厚、柔韧与斑杂，从18世纪伊始，它就引发了包括沙夫茨伯里、休谟、伯克在内的大量英国作家参与其间，并撰文专题讨论。而在 19 世纪，关于该话题的大量讨论虽未以专题专论的形式出现，却散见于小说、信件、游记甚至演讲之中，形成一种不成系统的系统性讨论。这种"散漫"的系统性讨论让我颇感兴趣，并开始了长达六年的关注。这期间，我以"趣味"为切入点，重读了奥斯汀、吉辛、柯林斯、吉尔平、罗斯金、华滋华斯等一系列 19 世纪作家的作品，力图再现他们的趣味观，并以此还原上述趣味观背后的历史、文化语境。

本书始于 2011 年底，付梓于 2017 年底。正是在该年年底，社会科学文献出版社出版了张海东的《中国新社会阶层》。该书勾勒了近年来中国社会结构所发生的变化，即中产阶层如何崛起，以及我国社会结构如何逐步向更为复杂、多元却稳定的"橄榄型"过渡。值得注意的是，与社会结构调整比肩而行的还有挥之不去的中产阶层"焦虑"。这当中，由"趣味"引发的"焦虑"难以回避。事实上，张海东的《中国新社会阶层》与本书形成一种有趣的呼应。虽然本书以 19 世纪英国社会的"趣味"问题为着眼点，却并不囿于文学批评，其背后有着与《中国新社会阶层》一样的现实关怀，即处在社会结构调整期的主体该如何在宏大的社会结构中定义自己，认识自己？又应该如何在社会结构调整中处理自我与他人的关系？

关于文学批评背后的现实关怀，本雅明曾说过以下这段话：有的书早已湮没于历史之中，沉寂许久，却又再现活力，是因为其背后的历史闪现出与我们这个时代的鲜活的联系。而文学批评的意义恰恰在于"炸开"历史的连续体，在当下的现实与抢救回来的那点历史之间搭建起桥梁，从而使那些本已沉寂的书被再次追溯。正是在这些充满历史回响的书中，我们更为清晰地读出了自己的时代。有鉴于此，本书对19世纪一系列经典作家的"追溯"与"重读"才不至于显得炊沙镂冰，自得其乐。

感谢我的博士后合作导师陆建德研究员。我的研究领域本来局限在19世纪英国文学，正是通过与陆老师的合作，我开始系统地阅读17至18世纪英国文学，并由此细读了黄梅、刘意青等学界前辈的论著，受益匪浅。尤记得两年前的秋天，陆老师扛着沙夫茨伯里的书，一路从北京辗转至杭州，书里还夹着他在剑桥求学时影印的相关资料。而在此之前，我对这位英国道德哲学传统的先驱所知甚少。

感谢我的博士导师殷企平教授。虽已毕业，犹未毕业，相信这是所有殷门弟子的切身感受。本书撰写期间，每每困惑，自我怀疑之际，和老师和师母聊聊天，总能获得不期而至的启发、感动与力量。

感谢刘军（童明）教授，《现代性赋格：19世纪欧洲文学启示录》一书一直是我的案头读物。句枯词穷之际，总是翻翻此书，渐成习惯。感谢盛宁教授，在邮件来往中不厌其烦地和我探讨休谟和伯克的"趣味"观。感谢聂珍钊教授，简单的几个建议让我对"趣味"一词的解读更具新意。

还要感谢一些青年学者：南京大学的但汉松博士、华东师范大学的金雯博士、浙江大学的隋红升博士和苏忱博士、杭州师范大学的陈礼珍博士和徐晓东博士等。我们认识于论坛、讲座和会议之中，你们的发言、点评都让我受益匪浅，感慨自己所学尚欠。

再次感谢我的学生：目前在浙江大学攻读博士学位的郑洁儒同学和攻读硕士学位的陆静同学。前者与我共同完成了本书中涉及罗斯金的章节，后者与我和洁儒一起全程参与了本书的统稿与格式修订。

此外，感谢我的家人。中国文化讲究亲不言谢。事实上，"亲不言谢"的另一种可能是，言语的单薄难以尽述家人间的理解与支持。尤其感谢我的幼女樊佳禾，你对世界的好奇让我惊喜，并时刻提醒我对学术也应抱有同样寻根究底的精神。

本书初稿的部分章节业曾在《外国文学评论》、《外国文学研究》、《外国文学》、《国外文学》等学术期刊先行发表。这些期刊的编辑老师和审稿专家都提出了许多颇具洞察力的建议，再此一并谢过。

本书的撰写还获得了教育部青年项目（13YJC752009）、浙江省社科规划课题（13NDJC017Z），以及中国博士后基金的资助。特此致谢！

此外，本书的出版还得到了2017年浙江工业大学人文社会科学后期资助项目的支持，谨在此一并致谢。

何　畅
2018年6月于杭州水木清华苑